野蠻娘子求生記 下

風文創 879

垂天之木 著

目錄

第三十一章

他叫王福，主人家姓劉，是劉家米鋪的老闆，前段時間買了城西一座大宅子，全家人都搬了過去，本來是挺高興的一件事，但就在三日前，王福等著自家老爺去米鋪，卻總也不見人，於是去劉老爺房間叫人，可沒人應聲，他心裡覺得奇怪，叫來小廝問，也說沒見老爺起來過，於是就推門進去查看。

結果房間內空無一人，伺候的丫鬟、小廝說昨天老爺和夫人正常熄燈入睡，且沒見兩人出來過，但人就無緣無故的不見了。

正當王福心驚難安之際，伺候少爺、小姐的丫鬟也跑了過來，一臉驚慌失措，說少爺和小姐都不在房裡，也不知道去哪裡了，關鍵是晚上看顧少爺、小姐的丫鬟就在外間，一整晚也沒出去過，更何況兩個小孩年紀不大，平時也都乖巧，根本不可能偷跑出去玩。

老人快講完的時候，大理寺也到了。

顏末等人將老人帶進正廳，朱小谷將三個小孩帶下去，王春瑤也跟著離開，陸鴻飛在書房待了一早上，聽說有案子，就跑了過來。

給老人倒了杯茶，顏末坐在老人身邊一臉不解。「人怎麼會無緣無故消失不見？王爺爺，您仔細想想，是不是劉老爺前天晚上說過要離開啥的？」

「不可能。」老人果斷的搖搖頭。「我們老爺還跟我說要去看看新進的大米，不然我也不會大清早等老爺起來。」

顏末摸摸下巴。「那您說的鬧鬼又是怎麼回事？」

王福一臉複雜。「我們肯定老爺、夫人，還有少爺、小姐都沒出過房門，人就那麼不見了，但一開始我們也沒往鬧鬼的方向想，而是打算仔細找找人，後來事情傳出去，就有人跟我們說，這宅子鬧鬼，之前也發生過同樣的事情。」

「什麼？」江月一臉不可思議，下意識往鍾誠均身邊湊，有些緊張。

「原先那宅子的主人也是突然消失不見，到最後也沒找著，活不見人、死不見屍的那種。」王福揉揉頭。「而且還不止一起，這兩天我帶著人一查，住這宅子的，前前後後消失了三批人了。」

邢陌言皺眉。「三批人？為什麼沒人報案？」

王福搖搖頭。「這個小人不清楚，反正那宅子之後空了一段時間，就被我家老爺買下來了，我們老爺還說那宅子賣的價錢還挺便宜，原來這宅子是鬼宅，真是晦氣。」

大夥又詳細問了當天發生的事情，幾人越發一頭霧水。

王福沒有兒子，從劉老爺父親那一代就跟著劉家，所以拿劉老爺當半個兒子疼，找了兩、三天不見人，心下著急，直接就來大理寺報案了，但這案子有點玄乎。

先不說之前那消失的三批人，光是劉老爺一家四口，沒有出房間，怎麼就消失了？

而且據王福陳述，劉老爺一家四口也絕不可能不說一聲就悄然離開，他們第二天都還有事情要做，那就更不可能自己離開了。

邢陌言讓陸鴻飛查查那棟宅子的資訊，讓鍾誠均去調查一下消失的那三批人都是些什麼人，然後準備和顏末跟著王福去那宅子看看情況，顏末也正有此意，立即點頭答應。

江月左看右看，舉起手。「那我呢？」

鍾誠均伸手戳江月，小聲道：「跟我一起？」

「孤男寡女走在一起……」江月瞇起眼睛。

鍾誠均有些失落。

江月一拍手。「我去換套男裝。」說著，轉頭看向顏末。「末末，借我一套妳的裝備……」

陸鴻飛好奇道：「什麼裝備？」

顏末偷偷瞪了江月一眼。「就是衣服而已。」

江月一吐舌頭，都怪末末總說她身上那一套全是裝備，聽得多了，害她一不小心就說出來。

顏末幫江月拿衣服去了，陸鴻飛看著顏末的背影，伸手撓撓下巴，總覺得哪裡有些奇怪。

一旁鍾誠均嘆了口氣。「月月和顏末的感情越來越好了。」

「你嫉妒？」陸鴻飛看向鍾誠均。「那你把衣服借給江月。」

鍾誠均摸摸鼻子。「我的衣服，月月穿不了。」

陸鴻飛一頓，突然問：「如果你的衣服尺寸也適合江月，讓你借出去，你是什麼感覺？」

鍾誠均抱著手臂。「嗯——雖然我很樂意月月穿我的衣服，但一想到我的衣服，連女人都能穿，就覺得男性尊嚴大受打擊啊！」

「對啊，不覺得彆扭嗎？」陸鴻飛喃喃自語道。

邢陌言看著聊天的兩人，又著重看了眼陸鴻飛，正巧和陸鴻飛的視線對上了。

「陌言，你覺不覺得……」陸鴻飛話還沒問出來，就見邢陌言搖頭，示意話題到此為止，他有些疑惑，但也沒有繼續問下去。

沒多久，江月換好男裝，和顏末一起回來了。

陸鴻飛仔細看了看兩人，身高差不多，身材也差不多，再去看臉，他立即驚了。「妳這臉……」

遠處看還不顯眼，走近了看，江月的臉變了好多，臉部線條更硬朗，眉毛也顯得英氣勃發，改動明明不大，卻讓人覺得眼前這人應該是江月的弟弟或者哥哥，而非江月本人。

說白了，江月這一身男裝扮相真的讓人挑不出錯來，和女裝的江月完全是兩個人了。

江月摸了摸自己的臉，有些得意。「這樣看，是不是很像男人？」

陸鴻飛點點頭。「如果妳不說話，應該不會暴露。」

鍾誠均圍著江月轉圈圈，滿眼好奇。「月月，妳怎麼化的？能和易容術相比了，妳什麼時候學會了這項技能？」

江月輕咳幾下，瞄了眼顏末，有些心虛道：「就……最近學的。」

這邊鍾誠均馬屁一筐筐往外搬，那邊陸鴻飛則托著下巴走神，覺得自己發現了不得了的事情，但還不能肯定，只是覺得八九不離十了。

顏末站在江月旁邊，伸手在江月後腰上掐了一把，本來她只想讓江月換個衣服，結果這丫頭非要化個妝再出來，總覺得自己離身分暴露的日子也不遠了。

當然她也不想再刻意隱瞞，本來女扮男裝是為了順利在大瀚朝生存下去，進大理寺掩蓋女人的身分，也是因為邢陌言不近女色，但誰想到邢陌言知道了之後竟然沒趕她走。

雖然不想再隱瞞，但是如何說出真相，顏末還沒想好，總不能跑到大家面前，拿著卸妝水一抹，說：「看，我是個女人。」

呃……想想都好尷尬，還是順其自然吧。

顏末和邢陌言帶著王福出發去劉掌櫃的宅子，令人驚訝的是，還挺遠的。

「怎麼住這麼遠？」顏末好奇問道，這都快到京郊了吧。

「沒辦法，城區的房價太高了，寸土寸金，而且大都住了人，根本沒空房子。」王福搖搖頭。「其實這地方也不算遠，我們米鋪離這裡也近，抄近路很快就能到。」

話說著，三人就到了宅子前。

顏末抬頭看過去，暗自點頭，心想這宅子的確大，外面紅漆大門，圍牆約有兩公尺高，四進四出的院子，對於一個米鋪的掌櫃而言，能買到這樣的宅子，確實是占了便宜。

這院落挺大，放眼望去，沒看到附近有什麼人家，這一路上，王福也說了，這一帶就他們一個大戶人家，其他都小門小戶，且中間隔了幾條巷子。

顏末和邢陌言走進宅子，發現宅子裡堆了很多木料石板。

「這是……」顏末指了指地上的東西。

王福回答。「哦，這宅子很多地方都破舊了，我們老爺想翻修一下，因為才搬過來沒多久，這些翻新的工作還沒做完。」

說完，王福嘆了口氣，顯然想到現在老爺夫人都失蹤了，這翻新的事情做下去也沒意義了。

老人看上去精神不是很好，顏末也不知道說什麼好，只能拍拍老人家的肩膀。

「兩位大人，我先帶你們去看看老爺夫人住的地方吧。」

顏末跟著王福走，一邊留意著周圍的佈局，身為這座宅子的主人，劉掌櫃和劉夫人住的自然是正房，走道都很寬闊，如果晚上這兩人要出來，一定會引起下人的注意，要隱藏並不容易。

「對了，王老，你們老爺夫人失蹤後，你有沒有檢查過他們住的屋子？」顏末突然開口問道。「沒有發現奇怪的地方嗎？」

如果很難隱藏蹤跡，那人在房間裡消失，莫不是房間裡有密道？

王福茫然的搖搖頭。「我們找了一遍房間，不過能有什麼奇怪的地方？」

顏末摸摸下巴。「密道機關之類的。」

邢陌言瞥了眼顏末，伸手一按她腦袋。「想像力豐富。」

顏末嘖了一聲。「難說啊！」

王福擺擺手。「兩位大人看了我們老爺的房間就知道了。」

推開劉掌櫃和夫人的臥房，顏末探頭一看，就驚訝了，因為臥房裡乾乾淨淨，一目了然，東西實在不多，要說這裡面有機關密室，感覺說不過去。

顏末走進去轉了兩圈，臥室裡所有東西都盡收眼底。「怎麼就這麼點東西啊？」

「本來就這麼點東西，老爺夫人才搬過來沒幾天，還沒來得及收拾，一些家當都在老宅呢。」

王福表示，老爺夫人失蹤之後，這屋子地板磚都翻開了，可就是找不到人，後來有人說這宅子鬧鬼，更是人心惶惶，晚上都不敢出來了。

顏末一邊查看屋裡的狀況，一邊再次問王福那天早上的情況，問的重點是屋子裡的擺設有哪些變動，希望盡可能還原當時屋內的情況，但其實變動不大，畢竟屋子裡的東西本來就不多。
顏末轉了兩圈，盯著床鋪不動了。
邢陌言坐在桌子旁，單手托著下巴，盯著顏末看。
「大人，你有沒有覺得……」顏末扭過頭，正好和邢陌言對上視線，突然止住話頭，眨了眨眼。
兩人一個站著，一個坐著，一個眉頭緊鎖，一個面無表情。
「怎麼不說話了？」邢陌言開口，眼裡劃過一絲笑意。
「呃……」顏末有些彆扭的撓撓臉頰，眼睛亂飄，突然就忘記要說什麼了。
邢陌言站起身，走到顏末身邊。「覺得那床奇怪嗎？」
「啊！」顏末一拍手，點點頭，一指床的位置。「大人，這張床好像有整理過。」
說完，顏末偏頭看向王福。「你們找人的時候，應該沒心情整理床鋪吧？」
「就掀了掀被子。」王福也跟著看向床鋪，滿臉疑惑。「這……有整理過嗎？」
床上的被褥有點亂，也沒有疊起來，怎麼看，都不像整理過的樣子。
顏末走上前，指了指床沿。「這裡太過整齊了，連褶縐都撫平了。」說完，她又掀開被子。「床單也沒有多少褶縐，這床是兩個人睡，未免太過整齊，被子胡亂攤著，床鋪卻比被子整齊，感覺像是有人故意撫平床上的痕跡，枕頭也是。」
王福也走上前，經顏末這樣一說，越看床鋪越覺得奇怪，好像有人故意將枕頭拍成現在的樣子，看似很亂的床鋪，仔細一看，有的地方卻又不是那麼亂，有種刻意的感覺。

邢陌言說：「如果不是劉掌櫃夫婦弄成這樣的，那麼就是其他人。」

王福張了張嘴。「可是若真的有其他人的話，那是怎麼進來的，如果就一個人，也許還能不驚動其他人，但我們老爺夫人是兩個人，一個人怎麼能制住兩個人，更何況要悄無聲息的帶走老爺夫人……」

「用迷香？」顏末看向邢陌言。「有這種東西吧。」

「有是有。」邢陌言搖搖頭。「但這屋子沒有迷香這種東西。」

顏末疑惑不解。「怎麼看出來的？」

邢陌言不答，伸手捏了捏顏末的脖頸。「再去找其他線索吧，這裡肯定沒有用過迷香就對了。」

「好吧。」顏末皺皺眉，見邢陌言不願多說，只好再去看別的。

第三十二章

就如王福所說，這裡有很多矛盾點，一來這屋子是正房，周圍就住著小廝丫鬟，有人從正門出入，肯定會有動靜，有動靜就會被人發現；二來，夫妻兩個一同失蹤，又沒有中迷香，還沒鬧出動靜，那人是怎麼無聲無息在房裡消失的？

床鋪的怪異顯然是有人偽造，那麼是這對夫妻偽造，還是另有其人？

在劉掌櫃夫妻房裡仔仔細細搜查過一遍之後，顏末和邢陌言便轉往少爺小姐的房裡察看。

兩個小孩都不滿五歲，住在一個房間裡，房裡的東西倒是比夫妻倆個房間的東西多，不過大多是玩具，內間被隔開，放著兩張床，外間有一個床榻，是晚上看顧丫鬟住的地方。

劉家少爺小姐消失不見的那晚，是由一個叫穎兒的丫鬟看顧，一整晚都沒有離開過，因為怕少爺小姐有什麼需求，也沒有睡得很死，結果第二天想叫兩個孩子起床時，卻發現床鋪上沒有人。

邢陌言走到一張床旁邊，隨口問道：「平時少爺小姐半夜常醒來嗎？」

穎兒搖搖頭。「不常。不過少爺小姐貪玩，睡得晚，但是一睡著之後，就很少在半夜醒來。」

顏末問：「那天晚上，兩個小孩什麼時候睡的？比平時早還是晚？」

穎兒想了想。「挺晚的了，玩了很久玩具，我哄了好久，少爺和小姐才去睡覺。」

根據丫鬟的稟報，當天晚上兩個孩子雖然玩得很晚，但是睡著之後就沒再起來過，丫鬟在外間睡覺也沒有起夜，第二天起來想要叫醒兩個孩子，才發現孩子們不見了。

穎兒的臉色很不好，蒼白憔悴，眼睛都哭紅腫了，如果不是老爺夫人也不見了，她看丟了少爺小姐，估計罪責不輕，但就算目前還沒受到懲罰，看上去整體狀況也好不到哪裡去。

劉府一片愁雲慘澹，顏末和邢陌言看完兩個房間，打算在周圍查探一下。

「大人，有什麼發現嗎？」顏末偏頭看向邢陌言。

邢陌言說：「先說說妳的看法。」

顏末道：「那兩個房間，說不上來哪裡不對，但哪裡都有些怪異，正房的床鋪有刻意偽造的感覺，劉家兩個孩子的房間，床鋪被褥都攤著，雖然沒有刻意偽造的感覺，但是不是亂了點？那丫鬟說兩個孩子睡著之後就沒醒來過，怎麼會把床鋪弄得那麼亂？總不可能兩個孩子睡相都不好吧。」

「如果不是睡相不好，那妳覺得是什麼？」邢陌言反問道。

顏末敲敲下巴。「反正我是不相信有鬼，也不相信人會無緣無故失蹤，肯定有人從中搞鬼。」

「但劉府的人都說沒聽見動靜。」邢陌言笑了下，看著顏末問道。

「如果有人聽到了動靜，但是說謊了呢？」顏末瞇起眼睛。「排除所有不可能，唯一剩下的就是真相，不可能有鬼，人不可能自己消失，不可能沒有動靜，那真相只有一個，劉府有人撒謊。」

邢陌言笑著點頭。「應該有人掩蓋了動靜，但人又是從哪裡離開的？總不可能丫鬟小廝都說謊，一共四個人，其中還有兩個大人，房間沒有機關，也沒有中迷香，若是從房間出來，哪怕掩蓋住動靜，不被看到的可能性也不大。」

顏末一指前面的巷道。「我們去看看外面的地形，從劉府出來，想不被人發現，如何利用地形很重要。」

鍾誠均和江月去打聽之前消失的三批人，這三批人都是那宅子之前的主人，那向誰打聽呢？當然是賣房子的人，所以兩人去牙行。

只不過兩人過去一打聽，發現當初賣房子給劉掌櫃的人不見了。

「不見了？這是什麼意思？」江月驚訝的問道。

牙行老闆回答。「就是不見了，好幾天沒來上工了，也不知道去了哪裡，一點信兒也沒有，我已經把他辭退了。」

鍾誠均眉頭一皺。「老闆，為什麼不去報官？」

「報官？報什麼官？」牙行老闆嘖了一聲，臉色有些不耐煩。「可能他自己跑了，他要是不跑，我還找他麻煩呢！」

江月問：「你找他什麼麻煩？」

「你們不是要跟我打聽他手裡那套宅子都過給什麼人了嗎？」牙行老闆一提起這件事，就一臉心疼。「就那套宅子，簡直心疼死我了，賣出去的價錢明明還可以更高，結果好幾次都低價賣出，不僅那套宅子，他手裡的宅子多多少少都有問題，賣出去的價錢完全低於那些宅子的價值！這不坑我錢嘛！」

江月和鍾誠均對視一眼，兩人異口同聲道：「老闆，詳細說說。」

沒想到過來問宅子之前主人的事情，還能有這種發現，而另一邊，陸鴻飛去翻找住宅登記，也有了一些發現。

陸鴻飛去戶部，戶部掌管記錄田地等事宜，尤其京城土地變更情況，在這裡都有詳細的記載，所以陸鴻飛找到了很多有關劉府那塊地的變動狀況。

在陸鴻飛和鍾誠均兩批人都有收穫的時候，顏末和邢陌言這邊的發現也不小。

劉府外面的巷道幽深狹窄，還有些昏暗，兩人走在其中，感覺就跟走在暗無天日的地道裡一樣。

「這是什麼情況？」顏末抬頭看天，巷道兩側的牆很高，是能看到天，不過折射下來的光有限，她微偏頭看了看邢陌言，正好陽光就到邢陌言脖子以上，估計到她這，也只照到腦瓜頂了。

就不是很高興。

邢陌言注意到顏末的目光，大概猜到了顏末在想些什麼，伸手比了比顏末的個頭，嘴裡嘖嘖兩聲。

真是異常招人討厭。

顏末磨牙。「大人，你不覺得這牆的高度有問題嗎？」

「嗯，是有點問題。」邢陌言點點頭。「如果牆都是這種高度，那妳走在牆下面，想來這輩子也見不到陽光了。」

顏末倒抽一口氣，感覺快要氣死。「大人，你拿我的個頭跟你比啊？」

「那什麼，男女平等嘛。」邢陌言摸摸下巴。「自從妳看了朱小谷的字，每次練大字都跟我強調男女平等，導致現在朱小谷都躲著妳走。」

顏末嘀咕道：「那朱小谷的字還不如我寫的好看呢，而且男女平等也不是這樣用的吧，真是好的不學，壞的學。」

邢陌言笑笑，伸手摸了摸旁邊的牆壁。「妳知道把牆壁建這麼高是為了什麼嗎？」

顏末自黑。「是為了當我走在牆下面的時候，不讓我見到陽光？」

邢陌言。「噗——」

笑完，斜眼看顏末。

「不鬧了。」顏末摸摸鼻子。「是為了什麼啊？」

邢陌言回問。「亂葬崗妳知道嗎？那裡都是無人管理任人埋葬的屍首。」

顏末點點頭。「亂葬崗和這高牆有關係嗎？」

邢陌言的聲音突然低沈下來。「聽聞亂葬崗屍首到達一定程度後，陰氣過剩，會讓屍首活過來，而那些屍首活過來之後，會想要歸家，可它們前塵往事消散，只剩下回家的執念，但是不知道家在哪裡，於是就會亂走，找到一處家門就進入，如果這個時候，讓屍首發現這家裡有人呢？」

顏末眨眨眼。「它們會發現進錯家門了？」

邢陌言。「……」

伸手一拍顏末腦袋，邢陌言道：「都說了前塵往事消散，不記得家在哪裡。」

顏末揉揉頭。「那豈不是進一個家門，就覺得這是自己家了。」

「沒錯，所以這家裡面的人，對屍首而言，就是外來人，因此這高牆建起來，是用來阻擋屍首進門的。」

「可屍首是從亂葬崗來的。」顏末皺眉，看向邢陌言。「難道這地方有亂葬崗？」

邢陌言看向顏末。「妳不害怕？」

「害怕什麼？」顏末左右看了看，想看出哪邊更像有亂葬崗，就往哪邊走。

邢陌言伸手一捏顏末後脖頸，陰沈沈道：「難說我們會在高牆裡碰到亂走的屍首。」

顏末無語的縮了縮脖子。「不就是喪屍嘛，打爆它的頭就好了，而且……」說著說著，顏末突然看著前方愣住了。

邢陌言皺眉。「怎麼……」

話還沒說完，顏末像是突然反應過來一樣，一下子就往前衝了過去，邢陌言趕忙跟上。

兩人拐過巷口，什麼都沒看見。

顏末停下腳步，臉上有些迷茫。

「妳發現什麼了？」邢陌言站在顏末身邊問道。

「大人，什麼情況下，頭會在手裡提著？」顏末轉過頭，神色很不解，抱著雙臂喃喃道：「我不會真看見屍首了吧，怎麼可能。」

顏末看到巷口有一個人影走過，那人手裡提著一個頭，脖子上沒有東西，很快就從眼前走過去了。

邢陌言拍拍顏末腦袋。「我們繼續往前走走看。」

繞過幾條巷道，人跡罕至，似乎連聲音都消失了。

邢陌言轉頭看顏末，想到顏末回過神的第一反應竟然不是尖叫，而是追上去……

他嘆了口氣，表情有些無奈。

「大人，你怎麼了？」顏末抬頭看邢陌言，突然笑著調侃。「大人你是不是害怕了？我肩膀借你靠啊？」

邢陌言定了定神，轉頭盯著顏末看，然後突然湊過去，歪頭靠在顏末肩膀上。「好啊，我是有些害怕。」

顏末無言。你裝什麼裝，不是你剛才嚇唬我的?!鬼故事還是你說的呢！

「趕緊抱著我走。」邢陌言完全不顧自己脖子快斷掉，特別無理取鬧。

顏末。「……」

就很想口吐芬芳。

「這地方原來是亂葬崗？」陸鴻飛坐在戶部檔案室看守鄭老的對面，大有好好聊一頓的架勢。

鄭老是從戶部退下來的老人，守檔案室十幾年了，對裡面的資料如數家珍，陸鴻飛能快速找到那塊地的資料，也多虧了鄭老。

想知道這十幾年各地的變化，尤其是京城田地的變更，找鄭老就對了。

鄭老雙手揣進袖子裡，靠在躺椅上，有些昏昏欲睡，聽到陸鴻飛的話，點點頭，打了個哈欠。「那地方之前確實是亂葬崗，範圍還不小。」

陸鴻飛皺眉不解。「京城怎麼還會有亂葬崗？」

鄭老掀掀眼皮，慢悠悠開口。「十幾年前……」

「啊……」陸鴻飛恍然大悟，如果是因為十幾年前那件事，倒也不奇怪。「那這亂葬崗現在還有嗎？」

「有人的地方就會有亂葬崗。」鄭老哼笑一聲，喝了一口茶。「京城這片地，人那麼多。」

「那就是還有亂葬崗？」陸鴻飛嘖了一聲。「我竟然現在才知道有這麼個地方。」

「已經小了很多。」鄭老慢悠悠伸出一根手指頭搖了搖。「你才多大點，沒發現過很正常。」

陸鴻飛看了看鄭老臉上歲月的痕跡，又摸了摸自己的臉，光滑如水啊，確實也沒辦法反駁。

顏末帶著邢陌言走了兩步，越發感覺自己小小年紀，承受了不該承受的分量。

「大人，你累嗎？」

邢陌言默默感受了一下，果斷拒絕現實。「我不累。」

顏末說：「……可是我累。」

伸手戳身上賴皮的人，顏末也不走了，大有你不起來，我們就這樣站到底的覺悟。

邢陌言看了眼戳在自己胸口處的爪子，頓了頓，慢慢直起身，轉過頭一拍顏末腦袋。

「妳怎那麼沒用，拖著我，難道比讓妳寫大字還難？」

顏末立即點頭，直言不諱。「難。」

邢陌言。「……」

不理會邢陌言吃癟的表情，顏末憋著笑往前走，莫名覺得昏暗的巷道還挺好待的。

邢陌言揉著胸口，感覺自己早晚要被氣死。

「大人……」顏末驚訝的聲音從前面傳來。「你快來。」

邢陌言走到顏末身邊，看清眼前的一幕，眉頭就皺了起來。

第三十三章

只見眼前竟然有一片低窪的地方，而這凹地中，雜草叢生，屍骨遍佈，一片荒涼之景，誰能想到在繁華的京城裡，竟隱藏著這樣一塊地方。

這裡是一處亂葬崗，就隱藏在劉府大宅後面，被層層巷道遮掩著。

顏末仔細看著亂葬崗，突然在某處定住視線，她往前走了兩步，準備下去看看。

不過下去之前，顏末轉過身，伸手拍拍邢陌言的胸膛。「大人，你就不要下去了，不是說害怕嗎？在這裡等我就行。」

邢陌言。「……」

從坡上下去，顏末逕自走向一個地方，那裡擺放著一顆人頭，那人頭還新鮮著，雙目圓睜，面露驚恐，嘴角右側下方有一顆痦子，年歲大概在三十上下。

顏末摸著下巴仔細看著，眉眼間滿是疑惑，這人頭，怎麼看怎麼像她在巷道裡看到的那個，不過不能確定，而且如果真是人頭，那肯定是有人提著走，總不會是這人的身體提著自己的人頭……

「這人死亡不超過兩天。」

「呵——」

背後突然傳來一句話，嚇得顏末倒抽一口氣，回頭驚異的看著邢陌言，眼睛瞪得溜圓。

邢陌言饒有興趣的看著顏末受到驚嚇的表情，還有一絲驚訝，顯然沒料到這樣會嚇到顏末。

「大人，你走路怎麼沒聲音?!」顏末喘了一口氣。「你不知道人嚇人是會嚇死人的嗎！」

邢陌言眨眨眼，朝顏末張開手，將人攬進懷裡。「啊，抱抱。」

顏末又抽了口氣，覺得今天邢陌言大概是吃錯藥了。「不用，我好了！」

「可以慢點好。」

「這還有慢點好一說？」

「我說有就有。」

顏末。「……」

伸手推開邢陌言，顏末想要罵人，但就在這時，邢陌言神色一冷，轉頭看向一旁，厲聲道：「誰?!」

隨著邢陌言聲音落下，雜草叢裡傳來一陣響動，有人影鑽了出來，黑布蒙面，背對著兩人就想跑。

邢陌言剛想追上去，就被一股大力推開，好不容易才站穩，顏末已經快速衝上去了。

「……」

顏末一手捏住對方的肩膀，手一使勁，喀嚓，骨頭錯位的聲音伴著這人的慘叫聲響起。

「剛才在巷道裡的人就是你吧。」顏末將人按倒在地。「我說怎麼只看見身體，看不到腦袋，原來是蒙著黑布。」

說著，顏末伸手就要撤去對方的黑布。

「小心！」

身體被人拉著往後扯，眼前寒光一閃，顏末下意識抬腿踹過去，又是喀嚓一聲，那人的手腕也被踢骨折了。

「……」

邢陌言抱著顏末，低頭看看一臉處變不驚的女人，再去看看倒在地上呻吟的倒楣男人，不由得陷入了沈默。

顏末拍拍邢陌言抱著自己的手，示意放開。

邢陌言鬆開手，還是忍不住問道：「反應速度這麼快……妳有沒有誤傷過人？」

「呃……」顏末尷尬望天，想了想，扭頭看邢陌言。「大人，下次你可以拍我肩膀試試。」

邢陌言。「……那還是算了吧。」

兩人走到蒙面人身前，那人見逃不掉了，眼裡閃過一絲狠戾決絕，下一秒，整個人都抽搐了起來。

「不好。」邢陌言連忙扯下蒙面人臉上的黑布，就見那人臉上表情扭曲，像是在忍受巨大痛苦，沒一會兒，嘴角便溢出烏黑的血液，伸手一探鼻息，人已經死了。

顏末愣怔住。「這……」她第一次見到被抓之後自殺的人。

邢陌言伸手讓死者閉上眼睛。「他服了劇毒。」

兩人都意識到事情開始變得複雜。

江月和鍾誠均從牙行出來，只感覺一個頭兩個大。

「按照牙行老闆說的，鬧鬼的不止一處？」江月歪頭看鍾誠均。「怎麼這麼邪門。」

鍾誠均搖搖手指頭。「應該說有問題的不止一處，而且這些有問題的宅子竟然都在那個叫趙才德的手裡，現在重點是要找到這個人。」

江月一撇嘴。「趙才德竟然也失蹤了，奇怪……」

鍾誠均笑著捏了捏江月的臉。「別鬱悶了，先回去再說吧，說不定陌言和鴻飛他們有什麼發現。」

「嗯。」

兩人正想回去，一抬頭，見前方竟然站著邵安炎。

邵安炎看了看鍾誠均旁邊的江月，伸手一摸下巴。「江家難道還有兒子嗎？」

「呃……不是，她是……」

邵安炎驚異的看著鍾誠均。「他就算長得像江月，也是個男人啊，你再如何迷戀江月，也不用捏男人的臉吧，還是說，你就衝著江月的臉，才找的男人……」

「找什麼男人啊……」鍾誠均氣得一拉江月。「月月，妳趕緊吱個聲，讓他聽聽！」

江月。「吱。」

邵安炎。「……」

鍾誠均。「聽見了吧，不是男人。」

邵安炎點點頭，疑惑道：「聲音還挺細，這小哥是宮裡太監嗎？」

鍾誠均一捂胸口，感覺要被氣死。

一具屍體，一個頭，都要帶回大理寺，但只有邢陌言和顏末兩個人，顯然無法完成這項任務。

「怎麼辦？」顏末看向邢陌言。

邢陌言笑了笑。「給妳看個戲法。」

「嗯？」

只見邢陌言打了個響指。「把屍體和頭帶回去。」

就見三個人不知從哪裡冒了出來，悄無聲息的，就將屍體和人頭帶走了。

「這是……」顏末張大嘴，驚訝的看著那三人隱沒而去。

邢陌言伸出一根手指，豎在嘴唇中間。「噓——」

這男人……果然背地裡有人。

顏末瞇起眼，輕哼一聲。

「走吧，回去了。」邢陌言拍拍顏末的頭。「天快黑了。」

兩人沒有從巷道返回，而是順著蒙面人逃走的方向往外走，穿過一小片樹林，竟然來到了通往京郊的馬路上，再回頭看，在小樹林的遮擋下，那片亂葬崗彷彿不存在似的。

顏末和邢陌言回到了大理寺，陸鴻飛、鍾誠均和江月也回來了，不僅如此，還多出了一個人。

「你怎麼在這？」邢陌言皺眉看著邵安炎。

邵安炎摸摸下巴，指了指鍾誠均和江月。「覺得有趣，就跟過來了。」

「有趣？」邢陌言看向鍾誠均。

鍾誠均連忙舉起雙手。「不關我事啊。」

江月在鍾誠均旁邊狠拍了他一下。

「嘶——」鍾誠均齜牙咧嘴忍著，開口道：「他是覺得月月的妝容很有趣，加上對我們這次查到的案子很感興趣，於是就跟過來了。」

邵安炎點點頭，突然饒有興趣的看了顏末一眼，他才發現，邢陌言身邊一直跟著的這位小哥，身材和江月相仿。

他之前見到江月的時候，是真沒認出那是江月女扮男裝，不是沒見過高超易容術，能直接將一個人變成另外一個人，但是這種人有點相似，卻完全不會被認成同一個人的妝容，卻是第一次見到。

邵安炎覺得很神奇有趣，而他看見顏末，突然冒出一個念頭——顏末的身材，未免太像女人。

邵安炎自小在宮內長大，除了太監，就女人見得最多，所以他非常瞭解女人，女人各式各樣的身姿形態，他見過不少，之前見過顏末，之所以未產生懷疑，是因為顏末的臉。

但現在他見到了女扮男裝的江月，再一看顏末，就覺得哪裡不對勁。

邵安炎摸著下巴，眼睛總是不由自主的看向顏末，真是越看越不對勁啊，不過也越看越有趣。

「對了，陌言，你們有什麼發現嗎？」陸鴻飛突然開口問道。

邢陌言收回看向邵安炎的眼神，點點頭。「帶回一具屍體和一個頭，已經讓人放在停屍房了。」

「啊，那我先過去看看。」江月一聽到有屍體，就坐不住了。

鍾誠均好奇道：「帶回來一個頭？沒有身體嗎？」

「沒有身體。」顏末聳聳肩。「而那具屍體剛死沒多久，被我們抓住後，當著我們的面服毒自殺了。」

陸鴻飛皺眉。「等等，你們不就是去看劉府有沒有什麼問題嗎，怎麼還涉及屍體和頭了？」

顏末簡單將她和邢陌言去調查的情況說了一下。

陸鴻飛點點頭。「那裡果然是亂葬崗啊。」

「什麼亂葬崗？」邵安炎聽得一頭霧水。「為什麼京城裡還有亂葬崗？我怎麼從來都不知道？」

陸鴻飛看了眼邵安炎。「殿下應該知道十幾年前發生的那場動亂吧。」

邵安炎一愣，隨即點點頭，語調微微發沈。「巫蠱之禍，死了不少人。」

陸鴻飛道：「那處亂葬崗之所以形成，就是因為當年那場巫蠱之禍。」

「唔嗟。」

顏末正仔細聽著，就聽見旁邊茶蓋碰到了茶杯，她轉頭看了看邢陌言。

邢陌言面色如常的喝了口茶。

但顏末覺得有些奇怪，邢陌言不像是那種拿不住茶蓋的人。

「我知道那個人頭是誰！」

正講著，江月突然跑了回來。

「妳知道？」鍾誠均接住江月，不贊同道：「慢點。」

江月喘了口氣，抓住鍾誠均的袖子晃了晃。「誠均，你還記得牙行老闆跟我們描述的趙才德的樣貌嗎？」

「記得。」鍾誠均點點頭。「趙才德三十二歲，臉龐方正，最顯眼的是，他嘴角右側下方有一顆痦子……等等，該不會那個人頭就是趙才德吧？」

江月猛點頭，肯定道：「就是他！」

鍾誠均張大嘴。「怎麼會這樣，剛找到一個有嫌疑的人，竟然就死了。」

「什麼情況？」邢陌言皺眉問道。

「趙才德……」

「等等！」鍾誠均剛要講，就被顏末叫了停。「我去拿白板，我們邊說邊梳理。」

陸鴻飛贊同的點點頭。「確實要好好梳理一下，感覺線索有點散亂。」

只有邵安炎一頭霧水。「白板？什麼白板？」

過沒一會兒，就見顏末抱著一塊厚實的白板回來了。

算了算那塊板的重量，邵安炎覺得自己的合理懷疑有些動搖，畢竟皇宮裡的女人不可能抱起這樣的白板，還能健步如飛。

陸鴻飛主動站出來，說自己先來，他捏著炭筆，眼睛微微發亮——早就想試這塊白板了。

「你們知道那塊地之前是亂葬崗吧。」

顏末點點頭，舉起手。

陸鴻飛讚賞的看了顏末一眼，點她道：「有什麼問題？」

顏末提問。「陸大人，解說之前能在上面畫個地形圖嗎？」

「咳咳——」

邵安炎捂嘴偷笑，如果他沒記錯的話，陸鴻飛的確是文采斐然，琴棋書畫樣樣精通，但他是個路癡，大理寺外出調查這類的事情，都輪不到陸鴻飛，因為怕他走丟了。

「嗯？」顏末歪歪頭，疑惑的看著陸鴻飛，又看了看其他人，怎麼都沈默下來了？

陸鴻飛清清嗓子。「嗯，總而言之，那地方就是一處亂葬崗，亂葬崗形成的原因，我剛才也說了，現存的亂葬崗被掩蓋在巷子後面，另一邊是出京郊的小樹林，走出小樹林，就接上京郊外的小道了。」

邢陌言點點頭。「而且那條不是官道。」

邵安炎瞇起眼，這就有意思了。

說完，陸鴻飛放下炭筆，走回自己的座位。

顏末張了張嘴。「沒啦？」

陸鴻飛一記眼刀飛過去。「你還想有什麼？」

顏末果斷搖頭。「沒什麼。」

一旁鍾誠均捂著嘴偷笑。

陸鴻飛踹了腳鍾誠均。「換你去說了。」

鍾誠均一聳肩，摩拳擦掌的拿起炭筆，率先畫了一個地形圖，看得陸鴻飛直磨牙。

一旁顏末還鼓掌。「這個畫得好啊！」

「那是。」鍾誠均驕傲抬頭。

「定國公府有一個大沙盤，他特別愛玩。」江月湊到顏末身邊說道。

顏末點點頭，給江月比了個讚，江月還挺美。

第三十四章

「亂葬崗和劉府住宅的位置都很偏，但這位置也挺巧妙，正好卡在京城的邊緣地帶，也沒多少人。」鍾誠均點了點畫出的劉府宅子位置，又在京城邊緣地帶圈出幾個地方。「這幾個地方，都是有問題的鬼宅，而且和劉府宅子一樣，占地面積並不小。」

江月補充道：「而且這幾個住宅都於趙才德手裡出售。」

顏末。「位置偏僻，人煙稀少，出點什麼事情，非常好掩蓋。」

「沒錯。」鍾誠均點點頭。「而且我和月月還查到，這些宅子都是低價賣出，但沒多久就會被收回，因為宅子的主人全都出意外死了，只有劉府那棟宅子的人失蹤。」

「嗯？」顏末皺緊眉。「你的意思是，住在劉府那棟宅子的幾批人都是消失，而其他宅子的主人都是出意外死的？」

鍾誠均提到。「這點不同是不是很讓人疑惑？我們也想不通為什麼會有人消失，有人出意外。」

「本來還以為是個奇特的失蹤案，但現在恐怕要變成凶殺案了吧。」邵安炎喝了口茶，開口道：「亂葬崗自殺的蒙面人是誰？趙才德為什麼會死？幾處鬼宅是怎麼回事？還有意外致死的人，究竟是不是意外，那些消失的人又去了哪裡……疑點太多了，你們要怎麼調查？」

邵安炎看向顏末。「不如你先來說說？」

顏末微微一愣，有些驚訝，不過她很快就回過神來，點點頭，開口道：「按照鍾大人和月月打聽到的，算上劉府，鬼宅一共有四處，但其他三處住宅的主人都是意外身亡，只有劉府這一處的幾任主人是消失的情況，事出反常必有妖，重點還是要放在劉府上面，以失蹤案為主。」

「哦？不是以凶殺案為主嗎？」邵安炎托著下巴，感興趣的問道。

顏末笑了笑。「現在還不到時候，而且我們在查失蹤案，不是已經把這麼多線索牽扯出來了嗎，我總覺得劉府是個意外，抓住劉府這個意外不放才是最主要的，當然其他調查也不能少。」

其他人都點頭同意。

這時候，孔鴻從外面走了進來。

「師父，你驗完屍了？」江月將孔鴻扶到座位上，給孔鴻倒了杯茶。

孔鴻端起茶杯喝了一口，然後點點頭。「驗完了，那具屍體是服用了見血封喉的劇毒而死，不過你們誰那麼暴力，那人的肩膀被手捏碎了，手腕被腳踹碎了，那種疼痛感可不比服用劇毒帶來的疼痛感低。」

「呃……」顏末搔搔臉頰，舉起手。「是我……」

邵安炎和陸鴻飛嗖一下轉頭看向顏末，就連江月都張大了嘴。

顏末連忙開口。「我那是正當防衛！不信你們問大人。」

正準備喝茶的邢陌言。「……」他們並不是驚訝妳可能用了私刑吧。

「屍體上還有其他線索嗎？」邢陌言開口問孔鴻，將大家的注意力拉回正軌上。

孔鴻看了邵安炎一眼。「劇毒的名字是葬花。」

「葬花？」邵安炎直起身，臉色變得很差。

邢陌言臉色也瞬間變得難看起來，正想著事情，突然感覺自己袖子被人揪了一下，轉頭一看，見顏末湊了過來，小聲問：「葬花是什麼？」

許是感覺到了周遭氣氛凝重，顏末問得有些小心翼翼，就連動作都帶著小心試探，兩根手指揪著邢陌言一點點衣袖，大有邢陌言臉色變化一下，她立即就鬆開放棄的感覺。

邵安炎就坐在邢陌言斜對面，恰好看到了這一幕，本來還有些凝重的臉色，露出一抹詫異。如果顏末是女人，那邢陌言知道嗎？

邵安炎雖然不清楚邢陌言為什麼與女人保持距離，但他肯定，如果自己都能發現顏末是女人，那以邢陌言的敏銳，不可能沒發現。

所以顏末對邢陌言而言，究竟是什麼樣的存在？

「大人？這不能說嗎？」顏末見邢陌言不說話，於是又試探的開口問了一句，她覺得有些奇怪，總覺得邢陌言在情緒上有些不對勁，好像是從巫蠱之禍開始的。

「沒什麼不能說的。」邢陌言回過神，開口道：「葬花這種劇毒，在十幾年前的巫蠱之禍中被廣泛使用，害死了不少人，所以在巫蠱之禍平息後，葬花也被皇上下令滅絕了。」

顏末有些驚訝。「可現在葬花卻出現了。」

「所以說，你們可能發現了不得了的事情。」一旁的邵安炎開口道。「要知道製作葬花的工序非常繁瑣，而且製作葬花的材料也多是昂貴藥材……」

「藥材？」顏末驚訝道。

邢陌言嗤笑一聲。「誰能想到劇毒葬花竟是由救人的藥材製成。」

邵安炎。「這些藥材的價格都十分昂貴，如果是普通人家，絕對買不起，而有錢人家，沒有藥方，也沒辦法將藥材製成葬花，而藥方，在十幾年前那場巫蠱之禍後，應該已經被銷毀了。」

「難道和當年的巫蠱之禍有關？」鍾誠均忍不住開口道。

「不可能。」邢陌言立即否定。「當年和巫蠱之禍有關的人都死絕了。」

「那為什麼會出現葬花？」鍾誠均反問道。

「誰能證明葬花真的在十幾年前消失了？」顏末搖搖頭。「人死不能復生，但藥方被銷毀，不代表沒人知道葬花的製作工序。」

邵安炎輕笑一聲。「你的意思是，當年我父皇的處置有疏漏？」

這話落下，場面突然安靜下來。

顏末盯著邵安炎，眼神沒有一絲閃躲。「只是就事論事而已。」

「好了。」邢陌言突然開口。「這件事不用扯上巫蠱之禍，已經過去十幾年，人都死絕了，哪怕出現葬花，也不會是當年那些人做的，畢竟人死不能復生。」

邵安炎看向邢陌言。「你好像非常肯定當年和巫蠱之禍有關的人都死絕了。」

「難道殿下不肯定？」邢陌言淡淡開口。「當年下令處置那些人的，可是當今聖上，殿下是懷疑您父皇處置有疏漏的地方嗎？」

邵安炎一窒，隨即無奈搖頭，他站起身。「葬花這種東西，還是毀掉得好，這個案子已經不僅僅是失蹤案那麼簡單了，希望大理寺能儘快查明真相。」

說完，邵安炎就離開了。

晚上，顏末躺在床上，翻來滾去，怎麼都睡不著，氣悶的起身，坐在床上打了個哈欠。她就納悶了，明明很睏，怎麼閉上眼睛就是睡不著。

月光從窗外照進屋內，灑下一片清冷的光輝，哪怕屋內沒有燭火，也能看清一切擺設。

顏末托著下巴，想了想，從床上下來，走到窗戶邊，推開窗戶，月光更勝，她不由得嘆息一聲，仰頭望天空，滿天繁星，但比繁星更美的，是月色，她從來不知道月亮竟然也能如此明亮。

這是在現代看不到的景色，不管是滿天的繁星，還是清冷明亮的月色。

如果說太陽照耀了白天，那月亮就是照耀了夜晚，然而人們往往忽視月光的明亮，覺得夜色深沈。而在現代的夜晚，天色才剛開始灰濛濛，路燈就亮了起來，更容易讓人忽略了月亮的光輝。

顏末突然想起一句話「今晚月色真美」，含蓄的表達了「我愛你」的意思，寓意和你一起看的月色最美，在現代告白中，都快被用爛了，但少有人在說這話的時候，會抬頭看看月亮，是否真的那麼美。

嘴上說著月色，實際上根本不知道月色有多美。

當然，現代的夜空，也很少看到這麼美、這麼清冷明亮的月亮。

顏末托著下巴，眼裡看著月亮，腦海裡不由得浮現出邢陌言的臉，這張臉，和月色好相配啊。

等等，她在想什麼呢?!

啊啊，顏末瘋狂甩頭，她一定是瘋了才會看著月色想邢陌言。

「呵。」

一聲輕笑傳來，顏末瞬間一驚。「誰？」

左右看了看，並沒有什麼人，但剛才那個笑聲絕對不是自己的錯覺。

想起自己已經卸了妝，顏末立即雙手捂臉，只露出眼睛，繼續盯著外面搜尋，仔細回憶，剛才那個笑聲還有些耳熟，誰這麼晚不睡覺，來她院子裡？

「喂，到底是誰啊？」顏末皺眉看著，月光之下，院子裡的一切都很清晰，但沒什麼人。

下面沒人，那就是上面有人。

想到此，顏末瞬間抬起頭，就見屋頂上果然坐著一個人。

「大人?!」看清是誰之後，顏末驚訝的叫出聲。「大人怎麼會在這裡？」

邢陌言回道：「晚上睡不著，溜達過來的。」

顏末反問。「……在房頂上溜達？」

邢陌言自然而然點點頭。「房頂上風景很好，不在房頂上溜達，在哪裡溜達？」

聽聽，這話說的多麼理直氣壯。

顏末深吸一口氣。「那從我院子裡的房頂往下看，風景最好咯？不然大人為什麼會坐在這裡？」

邢陌言輕笑一聲，盯著顏末，一字一頓低聲道：「是啊，妳院子裡的風景最好。」聲音低沈，在寂靜的夜晚格外入耳，顏末覺得有些臉熱，也不知道是不是雙手捂著臉的緣故。

「大人，夜色已深，你快回去睡覺吧。」顏末開口趕人。

邢陌言勾起嘴角。「我在這裡坐了許久，該看到的也都看到了。」

顏末無語。

鬱悶的把雙手放下，顏末扒拉扒拉自己的頭髮。「大人有什麼話想說嗎？」

這是她第一次在邢陌言面前展現自己的素顏，不同於男人的裝扮，也不是上次明豔的女裝。

邢陌言單腿屈膝，一條胳膊放在屈起的膝蓋上，從上而下看著顏末，想起之前顏末推開窗，自己看到的一幕，怎麼說呢，那揚起來的臉，還有專注看著月色的神情，將他煩悶的心情瞬間撫平了。

長髮披散在背後，純白的睡衣，還有不施粉黛的臉，都讓邢陌言覺得驚豔，這是他第一次見到顏末的真實面貌，不同於男裝時的線條硬朗，也不同於上次女裝時的明豔動人，今晚的顏末，像一潭清澈的溫泉水，乾乾淨淨，柔和美好，襯著今晚的月色，讓人禁不住心動。

「要不要上來看看風景？」邢陌言突然開口問道。

顏末眨眨眼，有些反應不過來。

「反正妳也睡不著。」

被邢陌言帶著上了屋頂之後，顏末才發現邢陌言沒有說謊，上面的風景果然不錯，而且沒了房屋的遮擋，月色更加明亮動人，周圍的風景在月色下都清晰可見。

「呼，風景不錯，就是有些冷。」顏末搓搓手臂，她穿的睡衣有些薄。

正看著風景，肩膀上突然一陣暖意，顏末轉過頭，見邢陌言將自己的外袍脫了下來，搭在她的肩膀上。

「穿上。」邢陌言搭好外袍，手順勢撫上了顏末的後頸。

顏末一驚，下意識縮脖子。「大人？」

邢陌言的動作頓了頓，看了顏末一眼，然後繼續動作，將顏末被外袍壓在背後的頭髮撩了出來。

「妳以為我要做什麼？」邢陌言低聲道。

顏末抿了抿嘴唇，搖頭。「沒什麼。」

一輪圓月掛在天空上，彷彿就在離自己不遠的地方，伸手就能搆到，顏末忍不住伸出手，感嘆道：「真美啊，我從來沒見過這麼美的月亮。」

「不就是一個月亮嗎？」邢陌言問道。

顏末頓了頓，搖頭。「不是月亮不一樣，是被掩蓋住了，所以我們很少看到這麼美的月色。」

邢陌言抬起頭看了眼。「嗯，今晚月色真美。」

聽到邢陌言說出這句話，顏末不由得扭頭看了眼對方。

「怎麼了？」邢陌言見顏末神色有異，不由得開口問道。

顏末失笑道：「大人，今晚月色真美這句話，在我們那裡可是有特殊含義的。」

第三十五章

邢陌言感興趣問道：「什麼含義？」

「嗯，有男女在月下散步，男人情不自禁對女人說出我愛妳三個字，但一位學者說，不如將我愛妳，改成今晚月色真美，含蓄而浪漫，如果這時候回答風也溫柔，就代表了我也愛你，那就是同意表白了。」

顏末簡單解釋了一下，突然像是想到了什麼好玩的事情，笑著繼續道：「這句話是不是很浪漫？不過如果回答是適合刺猹，那就是拒絕表白的意思，因為把浪漫的氛圍毀得一乾二淨了，哈哈。」

「那妳會回答什麼？」

冷不防聽到這句問話，顏末愣了愣。「啊？」

邢陌言好整以暇的看著顏末。「我剛才說了今晚月色真美，那妳不應該回答嗎？」

「不是，你剛才那樣說，也不是跟我……」

「這地方除了妳之外，難道還有其他人？」邢陌言反問道。

顏末哭笑不得。「大人，你別鬧。」

「回答別人的話，是基本的禮貌。」邢陌言不依不饒道，顯然不肯放過顏末。

顏末無語，只能開口。「適合……唔……」

「嗯？」邢陌言伸手捏住顏末的嘴。「妳想好了再說，別破壞了這麼美的月色。」

「那我不說了。」顏末拍開邢陌言的手，瞪了對方一眼。「大人真難伺候，我要下去睡覺了。」

說完，也不等邢陌言回答，顏末轉身準備下去。

在邢陌言看不到的地方，那張臉開始慢慢泛紅。

雖然現在查案，確實還是要以失蹤案為主，因為這是個突破口，但不代表其他疑點就要拋諸腦後。

鍾誠均和江月帶回來的線索很重要，所以他們決定去探查另外三棟鬼宅。

說到探查鬼宅，而且是三棟，自然要分組進行，顏末和邢陌言一組，朱小谷和陸鴻飛一組，江月和鍾誠均一組，三組人馬分別去一棟鬼宅找線索。

時間耽誤不得，怕去晚了，線索就沒了，正好三棟宅子目前都沒人住，所以不用事先通知宅子主人。

一大早，眾人就準備出發。

朱小谷躍躍欲試，一臉興奮。「探查鬼宅啊，這個好，我還沒見過鬼呢。」

陸鴻飛拍了一下朱小谷後腦勺，嘖了一聲，實在想不明白這麼大的孩子，整天腦子裡都什麼怪想法。「鬼有什麼好看的。」

「陸大人，你不會是怕鬼吧？」朱小谷摸摸頭，笑嘻嘻開口問道。

陸鴻飛白了眼朱小谷。「如果真的見到鬼，你可以躲我身後去。」

兩人要去的宅子，前主人是開胭脂水粉鋪的，老闆是一對夫妻，不過是女主外，男主內。

江月和鍾誠均要去的宅子，前主人是開婚慶店的，賣的都是成親用的東西，而顏末和邢陌言去的宅子，前主人賣的是文房四寶。

「大人，這三個宅子的前主人都是商人，是巧合嗎？」顏末一邊走，一邊問邢陌言。

邢陌言說：「妳說呢？劉府那對夫妻是開米鋪的，也是商人。」

顏末抱著手臂搖頭。「我不覺得是巧合，但為什麼三個宅子的主人死於意外，而一個宅子的主人是失蹤狀態呢？都是商人，有哪裡不一樣嗎？而且，為什麼都是商人呢？這個身分有什麼特別的？」

「說到商人，妳第一時間想到什麼？」邢陌言轉頭問顏末。

顏末歪歪頭。「錢？」

邢陌言笑著點頭。「商人和錢掛鉤，不是嗎？」

「唔……」

「為什麼我們不能晚上來探鬼宅？」江月走在鍾誠均旁邊，還挺不滿。

鍾誠均無奈的看了眼江月。「月月，妳膽子也太大了吧。」

「我要是膽子不大，怎麼學驗屍。」江月回了一嘴，突然陰惻惻笑了笑。「你說這世界上有鬼嗎？」

鍾誠均立即搖頭。「沒有。」

「你就那麼肯定？」江月瞥一眼鍾誠均，像是講什麼秘密一樣，小聲道：「誠均哥哥，我告訴你哦，師父說他以前驗屍，還碰到過詐屍呢，屍體會動！」

鍾誠均毫不在意的撇撇嘴。「妳就詐我吧，屍體會動，那是因為關節反應，這有什麼大不了的。」

江月嘖嘖兩聲，伸出一根手指搖了搖。「不是關節反應哦，雖然按屍體某個部位，會引發屍體出現反應，可那是因為屍體僵化了的緣故，一般彈一下也就完了，但師父說碰到過詐屍，是真的見過屍體坐起來了，還會蹦呢，這總不可能是關節反應吧。」

鍾誠均睜大眼睛。「真的假的？月月，妳該不會是故意騙我吧？」

江月哼哼兩聲，笑著不說話。

陸鴻飛和朱小谷是第一個到達鬼宅的人。

這天氣也不知道怎麼回事，昨天還不錯，陽光普照，今天的天氣就有些陰沈沈，明明才上午，感覺就像到了下午一樣，光線不足，好像快天黑了似的。

陸鴻飛抬頭看了看，表情有些憂心。「不會要下雨吧？」

「應該不會。」朱小谷搖頭，說話間，語調微微上揚，顯得很開心一樣。「陸大人，這種天氣簡直就是探鬼宅的好天氣啊，要是我們晚上來探鬼宅，就更有氣氛了。」

陸鴻飛表示自己並不想說話，心累。

「對了，大人，一會兒進去之後，你還是要跟緊我。」這一路都是朱小谷帶著陸鴻飛，兩人才能很快到達地點，不然讓陸鴻飛帶路，還不知道什麼時候能過來。

這宅子的牌匾還沒摘，上面寫著趙府兩個字。

「聽說這宅子之前的男主人是個倒插門，女主人姓趙。」朱小谷和陸鴻飛邁進大門。「也不知道這夫妻兩個的感情究竟如何，反正聽別人說，他們兩夫妻在外面那叫一個相敬如賓。」

陸鴻飛問：「聽你這意思，好像兩個人感情好都是裝出來的？」

朱小谷聳聳肩膀。「我也不敢肯定，因為兩夫妻住得偏遠，周圍也沒什麼鄰居，派人去打聽，並沒有收集到多少有用的訊息，反正那個男人很聽妻子的話，叫往東，就不敢往西的那種。」

「那他們的下人呢？」陸鴻飛一邊觀察著宅子，一邊問道。「沒有從下人口中打探到什麼有用的訊息嗎？」

「這就是很奇怪的地方。」朱小谷停下腳步，轉頭說道：「不止這家，其他三家的下人，也都離開京城了。」

「什麼？」陸鴻飛有些詫異。

朱小谷點頭。「聽說主人意外身亡之後，下人們都陸陸續續離開了京城，竟然都沒想在京城再找一份工的打算，是不是很奇怪？」

「這件事告訴陌言了嗎？」陸鴻飛問道。

「告訴大人了，大人已經派人去查那些下人的下落，沒準能找到什麼有用的線索。」

陸鴻飛嗯了一聲，又問道：「對了，這家主人是因為什麼意外而死的？」

朱小谷一指前方不遠處的池塘。「男女主人都是溺死的，應該就是在那裡發生意外。」

陸鴻飛下意識扭頭看過去，就見微風吹過，池塘裡的落葉打著轉，暗沈的池塘水卻只掀起一點微波，好似泥濘得掀不起任何波瀾，水一點都不清澈，也看不清到底有多深。

如果池塘很深的話，可以想像得到，人若掉進去，就是往下沈的命運。

「這個池塘……」陸鴻飛話還沒說完，突然愣了愣，隨後他一把拽過朱小谷，擋在自己身前。

朱小谷滿臉疑惑，回頭看陸鴻飛。「陸大人，怎麼了？」

「你沒看到嗎？」陸鴻飛嗓子有些發緊。

朱小谷撓撓頭。「看到什麼？」

「池塘對面的走廊拐角，好像有個人在偷窺我們。」

「哇，不愧是賣婚慶用品的。」江月感嘆的看著宅子正廳裡的擺設。「隨處可見的紅，你看這根大蠟燭，上面還雕著龍鳳呈祥的花紋，不過都落了灰，不怎麼好看了。」

鍾誠均點頭應和，思緒有些飄遠，是不是該趁此機會，問問月月都喜歡什麼，是龍鳳圖案還是鴛鴦圖案？不然兩個都要吧，反正兩者的寓意都很好。

「誠均哥哥，你在想什麼？」江月伸手戳了戳鍾誠均，好笑的問道：「怎麼臉有點紅？」

「呃……可能天氣有些熱吧。」鍾誠均伸手搧了搧。

「對了，我們成親的時候，也多買些這麼好看的蠟燭吧，就算不點燃，放著也好看啊。」江月指著桌臺上的蠟燭說道。

「咳咳咳——」

江月挽住鍾誠均的胳膊，笑嘻嘻的看著對方。「怎麼誠均哥哥的臉更紅了？」

鍾誠均無奈的看了眼江月。「我們還是先想想怎麼說服江伯父吧。」

「也是。」江月嘆了口氣。「我爹爹就是太固執了。」

「他是太疼妳了。」鍾誠均笑道。

江月笑呵呵點頭。「你也疼我。」

「咳，我們還是找找線索吧。」鍾誠均搔搔臉頰，嘴角的笑意掩都掩蓋不住。

兩人從正廳一直逛到內院，除了看到很多婚慶用品外，並沒有什麼奇怪的地方。

「嗯？這地方是幹什麼的？」兩人走到一處院子外，就見裡面擺放了很多工具。

鍾誠均拉著江月走上去查看。「這好像是做工的地方。」

只見地上凌亂擺著一些婚慶用的半成品，顯然還未加工完成，之前江月見到的蠟燭，這裡也有很多，不過蠟燭和燭臺都是分開的，有些蠟燭上面的花紋都還未雕刻好，燭臺上豎著尖利的長針，就那樣一堆擺在地上，不小心倒下去，估計要被扎成篩子。

江月突然想起朱小谷早上給他們的資料，開口道：「這個宅子的主人，好像就是被燭臺上的長針扎死的。」

「嗯。」鍾誠均點點頭。「這宅子不止是住處，宅子主人還將一處院子造成了加工坊，應該就是這裡，聽說他每天都會來視察，有一次不小心被地上的東西絆倒，倒在一堆燭臺上面，正巧有一個燭臺的長針刺進他喉嚨裡，成了致命傷。」

江月搖頭嘆了口氣。「這個意外可真叫人想不到，這是有多倒楣……」

江月說話的聲音突然頓住，鍾誠均也放緩了呼吸。

「月月，妳有沒有聽到什麼奇怪的聲音？」鍾誠均不由得轉頭看向江月，神色有些奇怪。

江月點點頭。「好像有人在喘氣？」

「喘氣聲有這麼大嗎？」鍾誠均疑惑道。

兩人對視一眼，一同轉頭，往喘氣聲發出的方向看過去。

顏末和邢陌言到宅子之前，先去了一家店，這家店是賣文房四寶的。之前宅子主人店鋪的位址就是這裡，只不過宅子主人意外身亡之後，店鋪轉讓，由別家店接手了。

顏末和老闆聊了很多，還乘機向老闆打聽這家店之前的主人。

「老闆，之前那位于老闆怎麼突然就不做了？」

老闆是個四十多歲的中年男人，文質彬彬，並不是商人打扮，而是穿著書生袍，氣質有些儒雅溫和，聽顏末提起店鋪前主人，不由得嘆了口氣。「你們說老于啊，他出意外死了。」

「出了什麼意外？」顏末裝作一臉驚訝的問道。

老闆一攤手。「被硯臺砸死了，說起來也挺邪門，老于很愛收藏硯臺，結果有一天擺放硯臺的櫃子突然倒了，那一堆硯臺全砸在他的腦袋上，就這麼把人給砸死了。」

雖然早知道人是被硯臺砸死的，但再聽一遍，顏末還是覺得很不可思議。

顏末嘆息了一聲，然後問：「那于老闆死了之後，這家店就算了嗎？」

「不然還能怎麼辦？」老闆搖搖頭。「那一家全靠于老闆支撐，于老闆死了，可不就是散了嗎。」

來了來了，問到重點來了。

顏末再問：「那于老闆的家人和家裡的下人呢？」

老闆想了想。「這個不清楚，不過好像自從于老闆死了之後，我就沒見過他家人了，下人好像也都被遣散，也不知道去了哪裡。」

第三十六章

顏末和邢陌言對視一眼，問道：「于老闆是京城人士嗎？」

「不是。」老闆立即否定了顏末的問題，隨後嗯了一聲，像是有些疑惑。

顏末問：「怎麼了？」

老闆臉上露出猶豫的表情，遲疑開口道：「于老闆不是京城人士，但我記得他妻子是京城人士，怎麼于老闆死了之後，他妻子就再沒出現過，是不是回于老闆的老家了？」

後面老闆相當於自言自語的話，讓顏末和邢陌言抓住了一絲線索，顏末就見邢陌言悄悄打了個手勢，估計是讓人查探去了。

陸鴻飛說完那句有人在偷窺他們的話後，場面一靜，只有風聲響過，在寂靜的院子裡，顯得格外詭異。

朱小谷眨眨眼，先是反思了一下，為什麼自己會被拉到陸鴻飛身前，陸大人之前不是說，遇到鬼之後，讓自己躲到他身後嗎？

順著陸鴻飛指的方向看過去，走廊上都是灰塵，看起來並不乾淨，但一眼望過去，什麼人都沒有。

「大人，我們過去看看。」朱小谷指著前面。「你要跟我過去嗎？如果害怕的話……」

陸鴻飛板起臉，義正詞嚴道：「誰害怕了？」

「……」朱小谷默默舉手。「我害怕。大人，你跟我過去瞧瞧？」

陸鴻飛站在朱小谷身後，伸手按著朱小谷肩膀。「咳，走吧。」

「……」

朱小谷帶著一點也不害怕的陸大人，來到了走廊處。「大人，你看清楚那個偷窺我們的人了嗎？」

「好像是個女人。」陸鴻飛皺著眉頭想。「穿一身白，頭髮披散著，但身材略微嬌小。」

朱小谷撓撓頭。「也不排除是個男人吧，顏末也身材嬌小啊。」

「嗯哼。」陸鴻飛不置可否，從身後敲敲朱小谷腦袋。「果然還是個孩子。」

朱小谷皺了皺鼻子，意有所指道：「我都不怕鬼。」

陸鴻飛。「……怕不怕鬼，和小不小沒關係！」

朱小谷撇嘴，突然神色一怔。「咦？大人，拐角處好像有腳印。」

說完，朱小谷就帶著陸鴻飛走了過去，果然看見拐角處有一堆凌亂的足印，不過並不明顯，足印也不完整，如果不仔細看，還很難發現。

陸鴻飛前後看了看。「走廊和走廊拐角的積灰程度不一樣。」

朱小谷點點頭。「走廊拐角的積灰更薄。」

兩人對視一眼，神情都有些振奮，一來，能發現足印，說明這裡肯定有人；二來，走廊拐角的積灰少，說明這人不止出現過一次，不是偶然情況，那麼這人肯定和這個宅子有關係。

陸鴻飛和朱小谷立即順著足印找了過去。

兩人走到內院，就見白色的人影一閃，從一扇窗戶裡閃了過去。

朱小谷立即追上去，快速跳進窗戶裡，陸鴻飛則是觀察屋子周圍還有哪些出口，好防止屋內人逃出去。

「啊——」

朱小谷的速度不可謂不快，屋裡傳來一聲女人的尖叫，應當是將屋內的人制伏了。

陸鴻飛連忙推門進去，一看屋內的情況，就有點愣住。

只因為屋內看起來並不像荒廢了很久，反而像一直有人住的樣子，如果他沒記錯的話，從外院走進來，這個位置應該是那對夫妻住的正院。

而此時被朱小谷按著肩膀的女人，正跪在地上，長髮披散，但穿著乾淨，看樣貌，大概三十多歲，總之不年輕了，雖然神情憔悴，臉上受了驚嚇，但並不如何驚慌。

「妳是誰？」陸鴻飛走過去問道。「為什麼在這裡？」

女人抬起頭打量了陸鴻飛一眼，定了定神，也開口問：「你們又是誰？為什麼會在這裡？」

聲音有些沙啞，彷彿很久不曾說話。

朱小谷詫異的看了眼被自己制住的女人，沒想到這女人還挺有膽量。

「這裡是無主宅院，妳在這裡出現。」陸鴻飛看了看房屋周圍。「好似還住了許久，妳和趙家是什麼關係？還是說，妳就是趙家那位女主人？」

陸鴻飛並未回答女人的問題，而是直截了當的點出了女人的身分。

果然，在陸鴻飛說完之後，朱小谷感覺女人身體明顯一顫，應當是被說中了。

朱小谷訝異道：「妳不是死了嗎？」

「是啊，我現在可是鬼。」女人陰沈沈的開口道，算是間接承認了自己的身分。

「是鬼又如何，我又不怕。」朱小谷冷笑一聲。「而且就算妳是鬼，不也被我制伏了，少廢話，趕緊把前因後果交代清楚！」

女人閉嘴不說話，無論朱小谷怎麼問，就是不再開口了。

陸鴻飛皺眉。「先將她帶回大理寺吧。」

聽到大理寺這個詞，女人瞬間抬頭看向陸鴻飛，詫異道：「你們是大理寺的人？」

「怎麼……」

「小心！」

朱小谷一把推開女人，與此同時，陸鴻飛聽到了一聲破空聲，一支箭穿過窗戶，直接釘在女人剛才的位置，看樣子，似乎要將女人置於死地。

陸鴻飛連忙拽住女人，將人拉到桌子後面，朱小谷則迅速站在窗戶側面，凝眉從袖子裡滑下一枝袖箭，瞬間對著窗外射了過去。

「撲通——」

屋外房頂上掉下一個黑衣人，朱小谷的袖箭射中了黑衣人的肩膀。

「我去抓人。」

朱小谷跑了出去，但來到黑衣人身旁，將人翻過來，扯下黑布之後，就不動了，因為黑衣人嘴角冒出了烏黑的血液，已經氣絕身亡。

江月和鍾誠均聽到了類似喘息的聲音，但這聲音實在有些大，兩人一同回頭，等看清楚之後，差點驚叫出聲。

就見身後一個臉色青白、身體僵硬的人，正拖著腳步，一點點朝他們蹭過來，而那人的喉嚨不知是不是有什麼問題，張著嘴說不出話來，聽起來很像喘息聲。

「誠均哥哥，這是人是鬼啊？我好害怕呀！」

鍾誠均低頭看著緊緊挽住自己手臂的江月，心想妳這到底是害怕還是興奮啊，眼睛都冒光了。

「他脖子好像有個洞。」江月打量著慢慢朝他們蹭過來的人。「身體僵硬，關節彎曲不了，誠均哥哥你看，我沒騙你吧，真的有詐屍！」
鍾誠均摸著下巴。「那我幫妳逮回去，讓妳和先生研究研究。」
「好喔。」
兩人就站著不動了，等著對面那人走過來。
等那人到了近處，鍾誠均欲上前抓人，結果那人突然抬起手，寒光一閃，一把利刃朝著鍾誠均刺了過來。
鍾誠均冷笑一聲，像是早就預料到，伸手一擋，再拽過那人的手腕，喀嚓一聲，將那人的手腕給折斷，同時膝蓋一抬，踢中了對方腹部。
那人悶哼一聲，刀掉到地上，人也跪了下去。
就在對方跪下去的同時，鍾誠均發現那人嘴角突然動了下，他立即想到之前邢陌言帶回來的那具屍體，服毒自殺四個字在鍾誠均腦海裡閃過，幾乎一瞬，鍾誠均就本能的快速伸出手，卸掉了那人的下巴。
喀嚓一聲，那人張著嘴，瞪大了眼睛，神色有些驚駭。
等鍾誠均將人綁起來，江月立即跑了過來，從懷裡掏出一副手套戴上，伸進男人嘴裡摸索片刻，掏出一個裹著蠟封的藥丸。
「是葬花嗎？」鍾誠均開口問道。
小藥丸在江月手心裡滾了滾。

「需要回去仔細看一下，不過應該是葬花，錯不了。」江月回答道。

鍾誠均看著那人冷笑一聲。「呼吸聲都聽出來了，還想裝鬼嚇唬我們，真是可笑。」

江月將小藥丸放進腰包裡，伸手在這人的喉間一抹，顏料就掉下來了。「還有你這裝扮太差了，還不如末末呢，一看就是假的，還想扮成這宅子主人，在這裡裝神弄鬼，也不問問姑奶奶我是幹什麼的，屍體我都不怕，我還怕詐屍嗎？又不是鬼，我一把解剖刀就了結你……」

鍾誠均眼裡閃過一絲笑意，把江月的手拽過來，用力擦了擦江月的手指。「下次不許摸別的男人了。」

「好嘞，都聽你的。」

顏末和邢陌言走到了目的地，從外面打量了一下宅子大小，目測約和之前他們去過的劉府差不多。

這宅子是真的大，和劉府一樣，想必另外三家宅子也一樣大，但不管是劉府的主人，還是這三家宅子的主人，都是很普通的商人，根本買不起這麼大的宅子，可是這四家，都低價買到了京郊附近的宅子。

有趣的是，這宅子都出自一個人手裡，且宅子附近都人煙稀少。

因為宅子的前主人是賣文房四寶的，所以宅子內隨處可見字畫字帖等。

只不過邢陌言的點評很毒舌，幾乎將這些字畫貶得一無是處。

不過這宅子裡的字畫，和邢陌言他們的字相比，的確差得太遠了，能賣得出去嗎？

「賣不賣得出去還要另說。」邢陌言嗤笑一聲。「反正我是不會將這麼醜的字畫擺放出來。」

「嗯？」顏末歪頭看這些字畫，想想也是，自己本身就是賣字畫的，肯定對這方面很重視。

邢陌言道：「字畫本身就是值錢的東西，如果宅子主人死了，值錢的字畫還會留到現在嗎？」

「那些值錢的字畫該不會讓宅子主人的家人或者下人拿走了吧。」顏末說完就搖搖頭。拿走就拿走了，何必還要在牆面擺上這些不值錢的字畫，是為了什麼？

「小心——」

顏末還未反應過來，突然被邢陌言扯進懷裡。

她剛才站的地方是個拐角，而那裡正埋伏著三個人，三個人都是黑衣蒙面的裝扮。

顏末一眼就認出來，這三個人的裝扮，和他們之前在亂葬崗遇到那人的裝扮一樣。

「大人，我兩個，你一個。」

邢陌言拍了下顏末的腦袋，直接上了，而且是衝著兩個人去的。

這三個人應該是培養的死士，招招致命，而且凶狠無比，不過邢陌言和顏末應付起來還是綽綽有餘，只不過兩人都想活捉這三個人，如果不出意外，這三個人嘴裡肯定都有葬花。

顏末和邢陌言對視一眼，都從彼此眼中看出了所表達的意思——卸他們下巴。

把對方手裡的刀踢掉，顏末伸手捏住他的下顎，往下一拉，咔嚓，那人悶哼一聲，直接倒在地上，露出的半張臉看起來異常痛苦。

「呃……」好像太大力了，卸過勁了。

這邊邢陌言也把兩個人的下巴給卸掉了。

「大人，這三個人我們……」

顏末話還未說完，眼角餘光有光亮閃過，一種危險的感覺立即浮上心頭，等她反應過來的時候，已經撲向邢陌言，將人撲倒之後，邢陌言剛才站著的地方，插著一支箭。

「還有人……」邢陌言立即帶著顏末躲到了走廊的柱子後面。

又有一支箭射過來，但這次不是朝著邢陌言，而是躺在地上的人，正中心臟位置，那人悶哼一聲，已經出氣多、進氣少了。

「槍帶了吧？」邢陌言低聲問懷裡的顏末。

顏末點頭，同時索利的把隨身攜帶的槍拿了出來，打開保險，遞給邢陌言。

「裡面有五發子彈。」

「足夠了。」

邢陌言握住槍支，反身射擊，只花了幾秒就找到了埋伏射箭的位置。

砰的一聲，隨後是重物落地的聲音。

顏末張了張嘴，不可思議的看了眼邢陌言。「大人，你什麼時候學會的？」

雖然她給槍給得毫不猶豫，但實際上還是懷疑邢陌言會不會用，沒想到邢陌言不僅會用，而且用得很好。

邢陌言挑眉，將手裡的槍還給顏末，語氣雲淡風輕。「很難嗎？」

「……」怎麼語氣那麼欠扁。

顏末收了槍。「開槍不難，但射準很難。」

邢陌言笑了笑。「那妳覺得是射箭難，還是開槍難？」

顏末。「行唄，看來大人的箭術應該很好。」

第三十七章

兩人一邊說話，一邊走到射箭者的身邊，那人腦袋中彈，已經氣絕了。

邢陌言摸了摸下巴。「準頭不夠，本來想留活口的。」

顏末撇撇嘴，小聲嘀咕。「裝X遭雷劈啊。」

話剛說完，腦袋就被人按住了。

邢陌言笑著看顏末，神情多少有那麼點危險。「我聽到了，不過裝X是什麼意思？遭雷劈？」

顏末呵呵笑了兩聲。「大人，我們趕緊把人帶回大理寺吧。」

轉移話題太僵硬了，邢陌言捏住顏末的臉頰，一點也不客氣的扯了扯。

顏末拍掉邢陌言的手，臉有些紅，也不知道是被捏紅的，還是因為這種親暱而羞紅的。

將兩具屍體和兩個人帶回到大理寺，鍾誠均和江月、朱小谷和陸鴻飛也回來了，而且令人驚喜的是，這兩組也都帶了人回來。

「末末，小谷他們抓住了一個女鬼哦。」江月跑到顏末身邊，神神秘秘的說道。「我和誠均抓住了一個詐屍的人。」

顏末驚訝得張大嘴。「真的啊？」

見顏末的這副表情，江月咘咘的笑了起來，但隨即，她就見顏末臉上的表情恢復了正常。

「月月，妳知道喪屍嗎？是吃了藥物感染的一種活死人，只剩下進食的本能，不過吃的是人肉，被咬過的人，不論咬到什麼程度，只要頭還保留著，也會變成這種活死人，而且不僅能傳染人，還會傳染給動物，最後皮都掉光了，哪怕只剩下血糊糊的肉，也還能動……」

「啊啊，妳別說了，末末！」

江月捂住耳朵，特別鬱悶的看著顏末。

本來她想嚇唬嚇唬顏末，沒想到顏末一點也不怕，還一本正經的說了這麼多更恐怖的話。

顏末嘿嘿笑了兩下，心想妳小妮子還嫩得很，她在現代什麼樣式的恐怖片沒看過，要是想聽，能給妳說一個晚上都不重複的。

「月月啊，妳要是想聽鬼故事，晚上來找我，我給妳說一晚上。」

江月鬱悶的看著顏末，還沒說話，就被鍾誠均攬了過去。

「顏末！你知道什麼叫男女有別嗎？還叫月月晚上去找你，有本事你現在就說。」

顏末。「……」

一旁陸鴻飛從鍾誠均旁邊路過，第一次仔細打量了一下這個兄弟，想起鍾誠均比他們都要早找到愛人並有了婚約，這其中最主要力量是江月，就忍不住點點頭，果然傻人有傻福。

「妳叫什麼名字？」

邢陌言坐在主位，看著跪在中間的女人。

其他帶回來的人都被關押進大理寺牢房，只有朱小谷和陸鴻飛帶回來的這個女人比較特別，所以他們決定先提審這個女人。

「趙芳。」女人一反之前不配合的態度，老老實實回答了邢陌言的問題。

陸鴻飛微微挑起眉。「妳似乎在知道我們是大理寺的人之後，就願意配合我們了。」

之前在宅子裡的時候也是，知道他們是大理寺的人之後，女人就沒試圖逃跑，跟他們回來的時候也是規規矩矩的。

趙芳點點頭，神色有些晦暗，她低聲道：「大理寺可以幫我。」

「為什麼說大理寺可以幫妳？」顏末疑惑的看著趙芳。「還有，妳為什麼沒死？誰給妳的死亡記錄上做了假？」

趙芳搖頭。「沒有人給我的死亡記錄作假，我當時的確死了。」

邢陌言瞇起眼。「妳是故意詐死。」

趙芳沈默著不說話，顯然被邢陌言說中了。

既然不是在死亡記錄上作假，那趙芳應該是裝死，但她為什麼裝死？一般來說，裝死都是為了躲避什麼，趙芳為了躲避誰？

而且趙芳留在那棟宅子，估計也是為了躲避什麼人。

「大人，是有人要害我和相公，我是僥倖才逃過一劫。」說起相公這個詞，趙芳眼淚就流下來了。「有人要謀財害命，我和相公落水根本不是意外。」

「那妳知道是誰要害你們嗎？」陸鴻飛開口問道。

如果能知道誰要害趙芳和她相公，那就能順藤摸瓜，找出很多線索，甚至可以直接鎖定凶手，但趙芳竟然搖頭，回答說不知道。

邢陌言皺眉。「妳不知道？那妳為什麼說有人要害你們？」

趙芳回答：「我和相公是被人推下水的，如果不是我會閉氣，就真的死了，而且相公死後，我們的財產都被轉移走了，下人也都消失不見，我被人丟在亂葬崗裡，無處可去，最後才冒險回到家中躲藏起來。」

「下人也消失不見？」朱小谷疑惑道。「他們不是離開京城了嗎？妳為什麼肯定這些下人都消失不見了？」

趙芳遲疑道：「這……這我也不能肯定，也可能只是離開京城吧。」

顏末和邢陌言對視一眼，都覺得這女人在說謊，她在隱瞞什麼。

「那妳在那棟宅子裡住了這麼久，為什麼不來報官？」顏末開口問道。

趙芳垂下頭，低聲道：「我只是一介女流，死裡逃生已不容易，被嚇慘了，所以不敢出來報官。」

邢陌言冷笑一聲。「妳一介女流，都能假死逃生，怎麼會不敢來報官？」

「我……」

「妳是怕人發現妳還活著吧。」顏末開口，直接堵住了趙芳的嘴。

看著趙芳微微變了的臉色，陸鴻飛搖搖頭。「如果想讓大理寺幫妳，那就把妳知道的都說出來，不要有所隱瞞。」

趙芳沈默了良久，才終於開口。「我其實和他們一樣。」

顏末說：「什麼？妳是說我們帶回來的那些黑衣人？妳和他們是一樣的身分？」

趙芳搖搖頭。「應該說，我和他們一樣聽命於人，但身分還是有所差別，他們是被培養的殺手，但我不會武功，我是專門騙人的。」

「妳騙的人是妳相公？」鍾誠均搖搖頭。「可不對啊，妳相公不是入贅的嗎，妳騙他什麼？」

趙芳道：「我相公的確是入贅的，但他……他其實家財萬貫，是祖上留下來的財產，足夠他什麼也不幹就能揮霍一輩子，只不過相公非常低調，很多人都不知道罷了。」

陸鴻飛皺眉。「你們的目的是劫財？妳的主人是誰？」

「我不知道。」趙芳搖頭。

陸鴻飛道：「不知道是什麼意思？」

趙芳說：「我真的不知道，主人從來不露面，都是一個叫文叔的人出面，而文叔的真實身分，我們也不知道，他見我們的時候，都戴著面具。」

顏末幾人面面相覷，本以為從趙芳這裡可以得到有用的線索，沒想到趙芳也是一知半解，可見背後的人有多麼狡猾，也許勢力很龐大，才能掩蓋住這麼多資訊。

據趙芳供稱，她的相公李德雖然是入贅，但祖上是挖礦的，曾經挖到過黃金，所以祖產豐富。

趙芳名下的產業，其實根本不是她的，那只是為了接近李德所設的假象，因為李德以前很花心，經常買胭脂水粉送給紅顏知己。也因此趙芳成了胭脂水粉鋪的老闆，李德也成了趙芳鋪子裡的常客。

趙芳有心接近，投其所好，李德自然而然的淪陷了，但多情的人，一旦專情起來，就真的認準了一個人。

李德真的愛上了趙芳，而且對趙芳非常好，掏心掏肺的好，對趙芳而言，她終究是個女人，所以本來的虛情假意，在李德無微不至的關懷中，也淪陷了。

本來趙芳和李德根本不必成親，但趙芳出於私心，還是和李德成親了，這相當於背叛了主人。但趙芳還是太天真了，她覺得自己既然和李德成親了，那李德的錢，其實也就是主人的錢，拿到手只是早晚的問題。

可這種行為，無異於觸犯了主使之人，於是趙芳在不知情的情況下，也上了名單。

好在趙芳水性不錯，才逃過一劫，但李德就沒那麼好運了。

趙芳和李德都被扔進了那個亂葬崗，也就是顏末和邢陌言發現的那一個亂葬崗。

「他們殺死的人，都會扔在那個亂葬崗裡。」趙芳慘白著臉，大概想起了之前的遭遇，臉色不是很好。「包括那些下人和死者家屬，其實他們都被殺了，沒有一個逃得了。」

趙芳害怕生還的事情被人發現，所以在亂葬崗裡躺了好幾天，餓得不行的時候，就吃地上的野草，挖樹皮吃，抱著李德已經發臭的屍體哭。

這段暗無天日的日子裡，陸陸續續也看到很多被扔進來的屍體，趙芳晚上小心查看過這些屍體，基本上都是三家宅子裡的下人和被害人的家屬。

「等等，三家？」鍾誠均摸了摸下巴。「不是四家嗎？」

「四家？」趙芳明顯有些詫異。「我們所設的陷阱，只有那三家宅子。」

這時候，顏末突然開口。「趙才德這個人，妳認識嗎？」

趙芳張了張嘴，臉上出現一抹了然。「認識，他和我一樣，我們都是專門騙人的。」

「他的確和妳一樣，不過不僅僅和妳一樣是專門騙人的。」邢陌言突然嗤笑一聲。

有邢陌言這句話，顏末很快福至心靈。「趙才德在牙行辦事，能接觸很多房源，現在看來，你們利用三個宅子騙取那些人的錢財，然後以意外身亡來掩蓋，那趙才德則是自己造出了第四個宅子來騙人，不過他沒有能力將他們偽裝成意外身亡，所以只能將人綁走，也許人還活著，也許在背地裡被殺死了？」

「看來趙才德也和趙芳一樣，都背叛了背後的主人啊。」鍾誠均嘖嘖搖頭。「私自斂財，貪心不足，難怪被人殺了。」

趙芳囁嚅。「他……他也死了？」

顏末點點頭。「被人一刀削首，現在連身體都沒找到。」

趙芳臉上露出了同病相憐的感傷，同時開口道：「那些人應該還活著。」

「什麼？」江月有些驚訝。

「他不是心腸歹毒的人，應該不會殺人。」趙芳搖搖頭。「我們都沒被訓練過如何殺人。」

「但你們也把他們騙得家破人亡。」顏末搖搖頭。

趙芳和趙才德並不值得同情，那些被他們騙的無辜人才可憐。

趙芳知道的實情，全部也就這麼多，雖然還無法找到幕後之人的身分，但也算幫他們釐清了一些事情，之後邢陌言又提審了另外幾人，不過這幾個人比起趙芳，一點都不配合。

他們都是死士，只要合上下顎，哪怕沒有葬花，也會咬舌自盡。

這些人已經不能稱之為人了，被訓練得沒有了自我，除了忠誠，只剩下忠誠。

顏末覺得這些人跟上了命令的機器一樣，會自我銷毀，也不知道那個文叔究竟怎麼訓練他們，讓這些人變得一點感情也沒有。

最後沒辦法，邢陌言只能再將人關起來，嘴上套著夾套，防止他們自殺。

「為什麼讓孔先生有空去牢裡坐坐？」

審問完犯人，幾人聚在一起吃飯，顏末想起之前將犯人關押起來的時候，邢陌言說讓孔鴻有空的時候去牢裡坐坐，不知道是什麼意思。

「啊，這個……」江月噗哧一聲笑了出來，捂著嘴直樂。

顏末更好奇了。

江月樂完之後，開口。「這個嘛，末末，妳也知道我師父是斯文人……」

「啊？」顏末疑問臉。

江月。「嗯哼？」

顏末點頭。「嗯，是。」

江月這才滿意，繼續開口。「斯文人嘛，動嘴不動手。」

「什麼意思？」顏末好像有點明白，又好像有點不明白。

鍾誠均在旁邊大嘴巴。「就是先生特別能說的意思，陌言是想讓先生去牢房裡給那些人講講道理，看看能不能改變他們的想法。」

「嗯，這樣啊。」顏末摸摸下巴，突然瞇起眼笑了下。「那我有一些話想跟先生說，也許對他們更有用。」

第三十八章

江月好奇。「什麼話？」

「咳，那什麼——八榮八恥嘛。」顏末想了想現代在牢裡的犯人都要接受什麼教育，然後將這些內容改編一下，說給大家聽。

現代的思想灌輸不可謂不強悍，一些內容很精闢到位。

陸鴻飛聽了之後，拍桌子叫好，邢陌言直接讓人將孔鴻請了過來。

孔鴻正在牢房裡和那些犯人嘮嗑，聽顏末講完這些內容之後，簡直如獲至寶，又匆匆忙忙回到牢房去了，這次從背影看上去，頗有那麼幾分迫不及待。

顏末還有點美，覺得自己幫了大忙，如果真能讓那幾個人開口說話，也許能得到更多的線索。

轉過頭，就見邢陌言正在看她。

「大人？」

邢陌言托著下巴，慢悠悠開口。「妳腦子裡還有什麼東西，我挺好奇的。」

顏末一個激靈。「大人，你說這話好恐怖，感覺像要把我的腦袋解剖一樣。」

「那可不行。」江月連忙護著顏末。「那末末這麼有才華的人就沒了。」

顏末豎起一根手指搖了搖。「不不，人的腦袋解剖之後，還是能活著的。」
江月吃驚得嘴都合不上了。「真的啊？」
其他人也一臉好奇，他們都是第一次聽說人腦袋開了之後還能活著。
「是真的。不過在這裡把人腦袋開了之後，那個人應該活不下來。」
江月一臉失望的聳聳肩。「我本來還想找個人試試呢。」
顏末一默。「……」
「對了，趙芳不是提供了那個文叔訓練他們的地方嗎？」陸鴻飛開口道。「我們還有必要去那個地方查探嗎？對方既然能對我們設下埋伏，應該早就從那個地方撤走了吧。」
邢陌言點頭。「的確，但如果那地方有不少人的話，撤走之後也要進行安頓，動靜肯定不小，我已經叫人去打聽近期哪裡動作頻繁了。」
「既然趙芳說消失不見的那些人可能沒有死，那我們接下來要好好探查劉府那個宅子，我覺得必須搞清楚劉家四口到底是怎麼失蹤的。」顏末一邊吃一邊說。「唔，今天的菜真好吃。」
邢陌言看著顏末吃飯，突然來了句。「我對妳的飯量也挺好奇的。」
顏末一噎。「……」突然就吃不下去了呢。
晚上睡覺前，顏末一直在想劉家那四口人到底是怎麼悄無聲息就失蹤了，劉家那麼多人，幾乎都住在一起，更別說劉家夫妻住的地方，伺候的小廝下人更多，一有點動靜，肯定能聽到。

除非是有內鬼。

顏末從床上坐起來，揉了揉自己的肚子，晚上因為邢陌言那句話，她之後都沒心情吃東西了，這會兒竟然覺得有點餓，想出去吃點宵夜。

但晚上出門，還要重新帶妝，就有點費勁，顏末懶得畫，有些猶豫。

咕嚕嚕——

肚子不爭氣的發出了抗議聲，顏末嘆了口氣，心想，再這樣餓著肚子，她肯定睡不著，不如去院子裡走走，走累了就睏了。

月亮還如上次看到那般清冷明亮，讓顏末不禁想起邢陌言那天問的那句話。

莫名有些臉熱，顏末甩了甩頭，突然覺得有哪地方不對，她停住，往一邊看去。

「大人？你怎麼又上屋頂了？」

還又是上她的屋頂，邢陌言每天晚上沒事幹嗎？這什麼神奇的男人?!

差點嚇死人。

邢陌言單腿屈膝，還是那麼帥。「睡不著，出來看風景，走到妳院子上，看妳房間燈還沒滅，就坐這裡等了會兒。」

「等什麼？」顏末下意識問了句。

邢陌言挑眉笑了笑，語氣有些曖昧不明。「妳說呢？」

顏末不說話了，轉了轉頭，捏了捏捶在胸前的頭髮，然後突然想到，她忘記穿胸衣了，會不會有點下垂啊？那多不好看。

啊呸，顏末妳在想什麼呢，是夜色撩人，還是春天快到了，怎麼想這個東西！

心裡唾棄自己，顏末還是忍不住低頭看了眼，嗯，很好，衣服還很厚，看不太出來。再說，她還是很有資本的。

「妳看什麼呢？」

猝不及防的一句話，成功讓顏末炸毛了。「你管我看什麼，我看什麼關你什麼事，你不要想些有的沒的，就算你知道我看什麼，也不能說出來，和你沒關係知不知道，不能說，更不能想！」

邢陌言頓住。「……嗯？」

突突突跟鐳射槍一樣說完了話，顏末臉色爆紅，雙手一抱胸，還有些尷尬，覺得自己反應好像過激了，是不是該跟邢陌言道個歉？

然而邢陌言見顏末這個動作，上下一打量，突然輕笑一聲。「我知道了。」

顏末。「……」

媽了個蛋，這個時候好想把手放下來了。

就很想罵人，她是蠢嗎！

「妳怎麼這麼晚還不睡？」大概看出顏末的尷尬，邢陌言主動開口轉移了話題。

顏末抿了抿嘴。「還不是因為大人……」

「想我想得睡不著？」邢陌言笑著問道。

顏末睜大眼。「想什麼美事呢！是因為吃飯的時候，大人那樣說我，我都沒胃口繼續吃下去，結果現在餓了，你說是不是因為你？」

邢陌言點點頭，從屋頂上下來。「那妳在這裡等著。」

「啊？」顏末有些懵。

邢陌言無奈的看了眼顏末。「我去廚房給妳找找看有沒有宵夜，補償妳。」

顏末笑起來。「那就謝謝大人了。」

「嗯。」邢陌言點點頭，臨走前，看了眼顏末，笑道：「我去給妳拿宵夜，這個時間，妳可以回房裡再加一件衣服。」

說完，邢陌言就走了。

顏末。「……」這個狗男人。

大理寺男人多，晚上很多人容易餓，所以廚房會一直預備著宵夜，值班的小廝會將宵夜溫著，所以邢陌言來的時候，不僅有宵夜，而且還是熱呼的。

小廝大概第一次見到邢陌言晚上來廚房找吃的，臉上表情又驚訝又惶恐，嘴上叫著大人，行了一禮。

「嗯。」邢陌言點點頭，看了小廝一眼。「做得很好。」

小廝得了誇讚，有些不好意思的撓撓頭，見邢陌言拿了飯也不走，有些好奇的問道：「大人不拿回去吃嗎？」

「拿回去。」邢陌言笑了笑，像是想到了什麼事情一樣，眉眼溫和。「不過要再等等。」

他腳程快，如果回去之後，顏末還在磨蹭穿衣服，保不準又要被嗆一頓。不過這樣很好，顏末對他慢慢不再那麼客氣了，這是個好現象。

但轉念又覺得自己被顏末嗆，還認為是個好現象，這樣好像有點慘吧。

邢陌言又不禁搖頭失笑。

也就等了那麼幾十秒，還不到半分鐘，邢陌言就端著飯走了，心想他好歹也花時間等了，回去看到什麼，那就不是他的錯了。

非常理直氣壯。

其實顏末速度一點也不慢，她的職業也不允許她動作慢吞吞，所以邢陌言回來的時候，顏末已經穿戴好了。

「大人，進來一起吃？」顏末見邢陌言手上拿了很多，已經超出了自己的飯量，心想大概邢陌言也餓了。

一點也不餓的邢陌言點點頭，臉色如常開口道：「正好，我也餓了。」

走進顏末房間，邢陌言儘量讓自己目不斜視，將飯菜放到桌子上，規規矩矩坐好。

顏末倒沒發現邢陌言身體有些僵硬，她美滋滋將飯菜擺好，準備開吃。「大人要是不來，我就想溜達一會兒，然後睡覺了。」

「那是不是多虧我來了。」邢陌言勾起嘴角。

顏末點點頭。「是啊，謝謝大人。」說完，抬起頭朝邢陌言燦爛一笑。

邢陌言怔了怔，盯著顏末看了會兒，見對方吃得香甜，臉上也不由得露出微笑。

「對了，大人，你覺不覺得劉府有內鬼？」顏末開口問道。

邢陌言問：「怎麼說？」

「趙才德是典型的模仿犯案。」顏末往自己嘴裡送了一隻蝦，一邊嚼一邊開口。「他利用自己手裡的房源，偽造出一個令人消失的鬼宅，和那三個宅子一樣，只不過不確定消失的人是不是死了，既然那三個宅子有趙芳這樣的人，也許趙才德也會找一個和自己裡應外合的人。」

邢陌言點頭。「他自己就是內鬼，很熟悉做內鬼的一套流程，那麼劉府出現內鬼也不例外。」

「趙芳和趙才德都是經過專業訓練的人，但趙才德不一定會用訓練過的人。」顏末朝邢陌言笑了笑。

「所以如果有這麼個人，和趙才德也只是合作關係，而不可能聽命於趙才德。」邢陌言挑了挑眉。「現在趙才德死了，如果對方知道的話……」

「那一定會作賊心虛。」

兩人相視一笑，抓住了突破口。

聊完案子，身心舒暢，還吃了飯，顏末打了個哈欠，睏意上湧。

邢陌言站起來，收拾剩下的飯菜。

顏末抹著眼淚，微微有些吃驚。「大人……」

「我把飯菜收拾走，順便回去了。」邢陌言看了眼顏末。「妳去睡吧。」

「那麻煩大人了。」顏末有些不好意思的笑了笑。

「既然覺得麻煩我了，有沒有點實際的感謝？」邢陌言一邊收拾一邊問。

顏末想了想，把槍拿了出來，然後當著邢陌言的面進行拆卸。「大人看好了。」

想起邢陌言異於常人的記憶力和反應力，顏末覺得邢陌言說不定能做出一把槍來。

邢陌言收拾飯菜的手逐漸慢了下來，眼裡滿是精光。

顏末將槍拆卸好，推到邢陌言面前。

邢陌言把一個個部件拿起來放在手裡擺弄，感嘆道：「這些設計太精巧了。」

「我知道這些部件的數值尺寸。」顏末看著邢陌言。「雖然基於工藝的限制，可能做出來的成品，無法像我這把這麼精巧，但殺傷力也足夠了。」

邢陌言挑眉。「這麼大的謝禮？」

「也不算謝禮。」顏末搖搖頭。「就是想問問，大人是什麼想法，你不是一直想要我這把槍嗎？」

邢陌言說：「我是很想要，不過是想要收藏。」

「那大人的意思是，從來沒想過做一支這樣的槍？」顏末盯著邢陌言不放。「我已經告訴大人了，我知道怎麼做……」

未盡的話語，停頓在邢陌言突然湊過來的臉。

邢陌言靠近打量顏末。「我有想過，但妳問這話是什麼意思？」

顏末笑了笑。「大人知道槍可以歸在什麼類的武器裡嗎？如果說刀劍是冷武器，那槍支彈藥就是熱武器，兵器進化也是有其過程的，我帶來了超時代的東西，大人也發覺了，不是嗎？不然你也不會把被搶打過的屍體帶回來處理，如果被別人發現，可能會招來什麼麻煩也不一定。」

「那又如何？」邢陌言直起身笑了笑。「我怕的不是麻煩。」

「那大人怕的是什麼？」

邢陌言看著顏末。「我怕的是有人找妳麻煩。」

端著剩餘飯菜往回走，邢陌言想起臨走前顏末說的那些話，無奈的搖了搖頭。

而在房間裡的顏末，躺在床上，還沒有睡著，想到剛才的試探，她還是摸不準邢陌言真正的想法。

而且，自從巫蠱之禍這個詞出現後，邢陌言就有些不對勁，她總覺得邢陌言像是藏著什麼秘密一樣。

腦子裡有些亂，顏末煩躁得在床上直蹬腿，之後怎麼睡著的都不知道，反正睡之前，滿腦子都是邢陌言這個男人。

第二天一早，顏末打著哈欠去吃早飯，就聽朱小谷說，已經放消息給劉府的人了，說趙才德已經死了，他們還捉到一個黑衣人，很快就能從黑衣人嘴裡套出話，找出幕後的人。

「動作真快。」顏末往嘴裡塞蒸餃。「你們派人看著了？」

「嗯。」朱小谷點點頭。「派了兩個人過去看著了，也許今天晚上劉府就會有人露出馬腳。」

顏末點點頭，看著朱小谷，突然想到朱小谷也會功夫，而且很聽邢陌言的話，在大理寺的地位，也不像是普通的下人，莫名就和隱藏在邢陌言身後的那群人有些像，只不過朱小谷是在明處。

第三十九章

大理寺卿會有這樣的手下嗎？

越想越覺得不對勁，想不通。

正想著，就見邢陌言走進來了，兩人視線對上，都想起了昨天晚上那場談話。

顏末咳了一聲，低頭繼續吃東西。

邢陌言勾唇，走到桌子旁坐下，是顏末一抬頭就能看到他的位置。

朱小谷吃完飯，說要叫幾個孩子起床，就跑走了，其他人還沒來，於是飯桌上就只剩下顏末和邢陌言。

莫名有些尷尬。

但不說話更尷尬，於是顏末嚥下嘴裡一口飯。「那個，大人，早啊。」

「現在才看見我？」邢陌言慢悠悠喝了口粥。「我早來了。」

顏末。「……」狗男人你故意的吧。

「一會兒跟我去劉府。」邢陌言開口道。

顏末疑惑。「小谷不是已經派人去散播消息了嗎？」

「嗯。」邢陌言點頭。「不過火候還不夠，我有種直覺，這個案子越早查清越好，背後勢力不小，而且對方很敏銳，不然也不會派人來襲擊我們。」

「那我們去劉府，讓傳言落實一些。」顏末加快吃東西的速度。「再沒有什麼比大人親自開口說更有利了。」

「慢點吃。」邢陌言皺眉看著顏末吃飯的速度。「還有，以後飯吃飽點，晚上吃宵夜，對身體不好。」

顏末聽到這裡，白了邢陌言一眼。「怪誰？」

「怪我。」邢陌言好脾氣點點頭。「我以後不說了，妳飯量很正常，一點也不大。」

顏末感覺很滿意。

「嗯，和男人相比，很正常。」邢陌言笑著補充了一句。

顏末。「……」

果然這是個狗男人吧。

看著顏末哀怨的眼神，邢陌言不厚道的笑了起來。

兩人飯吃到一半，陸鴻飛來了，鍾誠均帶著江月也來了。

只要一有案子，江月來大理寺的次數就直線上漲，用她的話來說，這是多麼好用的敷衍老爹的藉口，嘴上說著要幫自家師父，其實還附帶著想要來大理寺見鍾誠均。

江月聽到顏末和邢陌言又要去劉府，也說想去，江月要去，鍾誠均自然也跟去。

於是兩個人的隊伍，變成了四個人的隊伍。

邢陌言一貫不怎麼和顏末之外的女人多說話，於是死亡射線投向了鍾誠均。

鍾誠均莫名一冷，縮了縮脖子。

陸鴻飛拍了拍鍾誠均肩膀，小聲道：「聽說過這樣一句話嗎，打擾兄弟談戀愛會遭雷劈的。」

「啊？」鍾誠均納悶的看著陸鴻飛。「你什麼時候有喜歡的人了？」

陸鴻飛翻了個白眼。「你個傻子。」

「罵我幹麼。」

「因為你傻。」

「……」

在前往劉府的路上，鍾誠均還擺著胳膊不滿，嘴裡絮絮叨叨說著陸鴻飛壞話，說陸鴻飛早上莫名其妙罵了他一頓，也不知道發什麼瘋。

顏末特別神奇的看了眼鍾誠均，她已經察覺到陸鴻飛大概發現她是女人了，這也不奇怪，她本來就沒刻意隱藏的，但鍾誠均身邊還有個江月呢，怎麼這麼遲鈍，到現在還沒發現她是女人？

這樣想著，顏末看了眼江月。

江月聳了聳肩，臉上笑咪咪：我家誠均哥哥是太過單純善良可愛了～～

顏末。「……」算了，妳開心就好。

走到一半，聽到身後有人打了聲招呼，顏末幾人回頭一看，發現竟然是邵安炎和邵安行。

這兩人竟然一塊兒出現，也是神奇了。

打招呼的是邵安炎，邵安行則是抱著手臂，站在一邊沒搭腔。

因為在外面，也不必行禮，幾人問了好之後，就想走，反正也只是巧遇。

但邵安炎卻叫住了邢陌言。「你們四個人要去哪裡？」

邢陌言。「去查案。」

「哦？還是那個神秘失蹤案嗎？」邵安炎摸了摸下巴，感興趣道：「有線索了？」

「嗯。」邢陌言點點頭，並未多說。

邵安炎也沒有問下去，但他旁邊的邵安行卻像是感興趣一般。「我也聽說了你們現在查的案子，怎麼，這次你們能找到失蹤的人嗎？」

邢陌言搖頭。「只是去釣魚。」

「我也想去。」邵安炎開口道。

一旁的邵安行看了眼邵安炎，也開口。「這麼有意思的事情，如果不妨礙，我也想去瞧瞧。」

顏末不由得皺眉，這是去辦案，又不是去春遊，這兩位皇子有事嗎？

「兩位少爺沒事情嗎？」鍾誠均開口問道。「我們人手不多，到時候如果出點什麼事情，怕無法及時保護你們。」

「誠均你的功夫，我還是信任的。」邵安炎拍了拍鍾誠均的肩膀，又看向一旁的顏末。「再說，不是還有顏末嗎？聽說顏末的功夫也不錯。」

顏末乾笑了兩聲。

邵安行聽到邵安炎的話，也看了眼顏末，突然笑著開口。「我覺得也是，現在姚琪還在家躺著呢。」

這話一出，周圍變得有些安靜。

邢陌言看向邵安行，淡淡開口道：「已經過去這麼長時間了，姚公子還在床上躺著，二公子可以給姚大人一些建議，是否該換個大夫了，我記得當初給姚琪用刑的時候，並沒有太嚴重。」

邵安行哼了一聲，不說話了。

「好了，我們快走吧，不是還要去劉府嗎？」邵安炎笑著當和事佬。「我們的事情已經辦完了，也不急著回去，跟你們去看看好了。」

「是啊，不是去釣魚嗎，也不耽誤事，就說我們兩個是你大理寺的人好了。」邵安行懶洋洋開口道。

這兩個皇子鐵了心要跟著，邢陌言等人也不好拒絕，只能又多加了兩個跟屁蟲。

顏末一邊走，一邊看了眼邢陌言，心想邢陌言應該也發現了吧，好像邵安炎自從知道他們要去劉府之後，就有點故意跟上來的意思，而邵安炎開了口之後，邵安行也跟著開口說要跟著。

也不知道這兩人到底想做什麼。

邢陌言也沒看顏末，倒是偷偷伸出手，捏了下顏末的手指，然後又很快放開，有寬大的袖子擋著，加上兩人走得近，身後的人只以為邢陌言揮動了一下手而已，並沒看到邢陌言到底在做什麼。

顏末被邢陌言捏了手指之後，臉有些發燙，想瞪邢陌言，又忍住了。

這人……大庭廣眾之下幹什麼呢，給暗號也不是這樣給的。

不過顏末也算領悟了邢陌言的意思，大概是讓她稍安勿躁，靜觀其變就好。

反正坐山觀虎鬥，這兩個皇子針尖對麥芒的，邵安炎和邵安行單獨出來一起辦事，就足夠讓人驚訝，這次說要去劉府，還引著邵安行也去，也不知道他是不是發現了什麼。

真是越想越煩，如果這裡不是階級分明，她真想給這兩個皇子一個妨礙辦案的罪名，怎麼一大早就這麼多事情，太難了。

多日不見，王福神情更憔悴了，一見到邢陌言幾人，連忙急匆匆迎上來。「幾位大人，聽說你們找到線索了，是真的嗎？我家老爺夫人，還有少爺小姐失蹤的事情，和那個趙才德有關？」

看來朱小谷已經將消息傳到位了，邢陌言等人自然坐實了這個消息。

「人已經死了，現在黑衣人被抓獲，估計很快會問出消息。」顏末說完，有些好奇的看著周圍。「王老，這些人是在幹什麼？打掃院子？」

此時他們坐在正廳，而周圍一些丫鬟小廝一直在忙忙碌碌走動著。

王福嘆了口氣，勉強提起點精神，抱著希望說：「雖然老爺夫人，還有少爺小姐到現在也沒有找到，但不是說有消息了嗎？我就想讓人將房子打掃乾淨點，好迎接老爺夫人還有少爺小姐回來。」

這是還抱著美好念想。

顏末也希望那一家四口沒有死，從趙芳口裡得到線索之後，邢陌言就叫人立即去搜了趙才德的家，但趙才德家裡什麼都沒有，沒有人，也沒有錢，估計被藏匿在其他地方。

見不到人是好事情，顏末將調查的結果和王福說了一些，王福臉上的神色放鬆了不少。

聊完之後，顏末又提出要在劉府轉轉，上次她和邢陌言著重看的是劉府一家四口的房間，但劉府其他地方沒有怎麼仔細察看，這次提出看其他地方，想找找看能不能發現其他線索。

王福自然同意，親自帶著幾人在劉府查探，每個角落都不放過。

其實顏末和邢陌言等人主要想看的是劉家夫妻倆的房間附近，以及劉家少爺小姐的房間周遭。

顏末和邢陌言跟著王福走在前面，一邊走一邊留心觀察周圍；鍾誠均和江月跟在兩人身後，則是在觀察周圍的丫鬟小廝；至於邵安炎和邵安行，則走在隊伍最後。

邵安炎表面神色淡淡，看不出什麼，邵安行則是打了個哈欠，看起來興致缺缺。

「二弟要是乏了，可以先回去。」邵安炎開口道。

邵安行頓了頓，挑起嘴角。「乏是有些乏，但我還是對這個案子感興趣，對了，大哥對這個案子好像也挺上心的，不然怎麼會跟著來。」

邵安炎笑了笑。「二弟不知道嗎？這個案子挺玄乎的，一開始是失蹤案，後來又扯出了凶殺案。」

邵安行皺了皺眉。「那又如何？這世上被殺死的人多了。」

「話不是這麼說，天子腳下，不僅有亂葬崗，還有人利用房產殺人取財，這可不是小事。」邵安炎看了眼邵安行。「而且這也不是普通人能做到的，這個案子裡還出現過葬花。」

聽到葬花這個詞，邵安行終於變了臉色。「葬花……」

顏末雖然在和王福說著話，但也聽到了後面邵安炎和邵安行的對話，她肯定，邵安炎開啟話頭，絕不僅僅是無聊，而且還引出了葬花，說起葬花，邵安行的反應和當初邵安炎、邢陌言的反應還不太一樣。

如果說邵安炎聽到葬花之後的反應是擔憂，邢陌言對葬花的反應是厭惡，那麼邵安行聽到葬花之後的反應則是複雜，有種說不清道不明的意味。

正這樣想著，就聽邵安炎繼續開口，這回聲音壓得有些低。「二弟對葬花這種劇毒應該不陌生吧，如果不是葬花和那位有牽扯，你的母妃也不會……」

「大哥，慎言。」邵安行沈下聲音，表情微冷的看了眼邵安炎。

邵安炎笑了笑，聳了聳肩膀，沒有繼續說下去。

那位？

顏末滿頭霧水，那位是誰？她下意識抬頭去看邢陌言，想看看邢陌言聽沒聽到兩人的談話，可抬起頭之後，她就怔了一下，雖然邢陌言仍舊還是那副不鹹不淡的表情，但顏末看得出來，邢陌言的心情非常不好，甚至陰沈，眼神很冷，有種生人勿近的感覺。

是因為邵安炎和邵安行的談話嗎？

顏末突然有些心疼邢陌言，雖然不知道邢陌言和葬花、巫蠱之禍到底有什麼關係，但邢陌言的眼神，讓顏末覺得有種說不上來的悲傷與哀慟。

鬼使神差般，顏末伸出手，輕輕碰了下邢陌言的手背。

邢陌言腳步微不可察的一頓，隨即扭頭看向顏末。

顏末微微笑了笑，又伸手碰了下邢陌言的手背，下一秒，她猛地睜大了眼睛。

因為邢陌言抓住了她的手，不放了！

「大人……」顏末低聲開口，示意邢陌言趕緊放開。

邢陌言目不斜視，不僅裝沒聽到，還順便捏了捏顏末的手心。

顏末臉紅了，她覺得這男人頗有順著杆子往上爬的潛質。

不過在被人發現之前，邢陌言還是放開了顏末的手。

顏末扭頭看了一眼，感覺邢陌言的心情好了很多。

第四十章

劉府夫妻和他們兒女住的房子已經都仔仔細細查看過了，江月歪頭看著顏末。「有什麼新發現嗎？」

「嗯，很微妙啊。」顏末站在原地想了想。「感覺和上次有所不同，對了，這兩個房間打掃過了嗎？」

王福連忙擺手。「哪可能啊，上次兩位大人走之前，不是不讓我們打掃嗎？所以我一直沒讓下人打掃。」

顏末點點頭，轉頭看向邢陌言。「大人，怎麼看？」

「有人進出過這兩間房，也在周圍逗留過。」

顏末嗯了一聲。「我也是這樣想。」

江月微微瞪大眼睛。「這也能看出來？難道差別很大嗎？」

「怎麼判斷是否有人？」王福滿臉疑惑。「這裡面的佈置不是和上次一模一樣嗎？」

顏末擺了擺手。「不是佈置，而是某些細微的地方，其實我上次就留意兩個房間周圍的環境了，這次讓您老帶著我們再查探一遍，不過是想看看這宅子裡是否有內鬼。」

王福吃驚的張大嘴。「您的意思是……」

「房間被人清掃過，很細微，這周圍也被來來回回走過。」顏末冷哼一聲。「大概是怕殘留下什麼線索，所以作賊心虛，想來這裡掩蓋掉線索，但因為自己也不知道留下了什麼線索，因此來回查探了好多次，還怕將這裡破壞掉，於是佈置上沒什麼改變，但細節上有很多改變。」

邢陌言點頭，肯定了顏末的說法。

「看來劉府是真的有內鬼了。」江月看向王福。「王老伯，您放心，趙才德背叛了他的主子，被人追殺時肯定想要活命，說不定就把什麼都告訴那個黑衣人了，現在知道劉府有內鬼，我們回去一問，也許就問出來了。」

「好好。」王福連忙點頭。

顏末讚賞的看了江月一眼，真是個機靈的丫頭。

她沒注意的是，邵安炎站在後面，一直在看著她，眼裡閃過興味的光芒。

剛才顏末那番話，絕對不是瞎編亂造的，因為邢陌言也給予肯定，兩人還指出了到底哪裡有細微的變化。

也正因為如此，邵安炎才覺得顏末有些不可思議，先不說距離他們上次來劉府究竟有多久時間了，記下場景大概的佈置都很不容易，更別說記下兩個房間和周圍環境的各個細節了。

邢陌言的能力，邵安炎談不上一清二楚，但也瞭解對方年紀輕輕能上任大理寺卿這個職位，靠的絕不是身分地位，而是真才實學，其中最廣為人知的，便是邢陌言那雙眼睛，查人所不能查，辨人所不能辨，加上記憶力超群，可謂驚才絕豔，這也是為什麼邵安炎一直想讓邢陌言站隊的原因之一。

如果他身邊能有像邢陌言這樣的人才，絕對如虎添翼。

但邵安炎沒想到，如今在劉府內，他竟然發現了和邢陌言同樣敏銳的人，而這個人，還很有可能是個女人，一個能站在邢陌言身邊的女人。

其實邵安炎想錯了，邢陌言之所以能說出不同，的確是靠他那雙眼睛和記憶力，但顏末的記憶力可不如邢陌言出眾，她靠的是多年來的辦案經驗和習慣罷了。

但儘管如此，也足夠讓人敬佩。

邢陌言多看了顏末好幾眼，他覺得顏末時常能給自己帶來驚喜。

和王福說完之後，幾人見事情已經談得差不多，就紛紛告辭，只說讓王福等消息，很快就會有結果，王福自然千恩萬謝，然後將幾人送出劉府。

走出劉府之後，顏末放慢腳步，準備走在後面，畢竟走在邵安炎和邵安行兩位皇子前面，總歸不太好，剛才是辦案，現在出了劉府，還是要懂得禮數。

邵安行看了眼身邊逐漸落在後面的顏末，伸手扯了下顏末的頭髮。

「啊——」

顏末驚訝的叫了一下，疼是不疼，但有點嚇到。

邢陌言停下腳步，將顏末扯到自己身後，轉頭看邵安行。「二公子這是何意？」

「好奇罷了。」邵安行臉上笑咪咪的，彷彿不覺得自己做錯了什麼事情。「邢大人好像很看重這小個子，之前我還納悶，他除了力氣大之外，到底有什麼特別的，但現在看來，還算有些本事。」

一旁邵安炎開口道：「二弟對陌言的手下感興趣，也別欺負人，瞧你把人家嚇得……呃……」一邊說著，邵安炎一邊看了顏末一眼，就見顏末站在邢陌言身後，臉上的神色已經恢復了平靜。

「噗——」邵安行笑出來，眼底卻未見笑意。「看來人家膽子大得很，一點也沒被我嚇住。」

顏末朝邵安行拱了拱手。「二公子渾身貴氣，怎麼可能嚇到我。」

邵安行挑了挑眉，沒再繼續說什麼。

他的確好奇，因為在劉府裡，他發現邵安炎直盯著這個顏末看。

「對了，接下來你們打算怎麼辦？」邵安炎換了個話題問道。

跟在最後面的江月扯了扯顏末的袖子，微微一撇嘴，示意——看來大皇子是鐵了心要跟到底了。

顏末還沒什麼表示，就見鍾誠均站在江月旁邊，伸手敲了江月腦袋一下，讓江月注意場合。

江月斜眼看鍾誠均——反了你?!

鍾誠均苦著臉——大小姐，妳也是膽子大，當著大皇子面腹誹他。

江月一聳肩，表示不說了。

顏末則是看向邢陌言，如果邢陌言不想讓邵安炎跟著，一定有辦法，但邢陌言不僅沒敷衍過去，還很配合回答邵安炎的問題，告訴邵安炎他們晚上要去劉府蹲點抓鬼，守株待兔。

邵安炎聽完，摸了摸下巴。「正好我晚上不用回去，我跟你們一起，父皇聽說這個案子，挺重視的，如果今天晚上能抓到人，我也好回去跟父皇說道說道。」

邢陌言嗯了一聲。

一旁邵安行聽兩人這樣說，眼珠子轉了轉，也開口說自己要跟。

邵安炎看了邵安行一眼，笑道：「二弟是打算跟到底了?」

「大哥不也是嗎?只准你對這個案子感興趣，不准我對這個案子感興趣嗎?」邵安行反諷回去。「我也想回去跟父皇說道說道呢。」

邵安炎笑著聳了聳肩膀。「隨你吧。」

晚上，一行六人守在劉府大門外面，誰也不知道究竟能不能等到人，但不知道歸不知道，該等還是要等，畢竟人命關天，如果劉府一家四口真的活著，今晚就是個機會。

現在已經是春天，白天的天氣越來越熱，但晚上還是有些涼。

邵安炎和邵安行都嬌生慣養，深夜出來，不僅要藏匿氣息，還要忍受寒冷，心情都不怎麼爽快。

「為什麼不找別人看著。」邵安行終於忍受不了，拉下面子小聲問道。

「本來是有其他人顧著。」邢陌言開口。「但我怕無法即時掌握消息，所以還是我們親自來比較好。」

顏末聽到這裡，想起朱小谷早上說的話，她本來也疑惑為什麼晚上他們要親自過來，因為朱小谷已經說派人守著了，但好像自從邵安炎和邵安行出現後，邢陌言就將那兩人撤走了。

什麼怕無法即時掌握消息，顏末才不相信，畢竟邢陌言手底下不止那兩個人，通風報信的速度絕不可能滯後，所以邢陌言是不想讓邵安炎和邵安行知道他派了什麼人嗎？

果然大理寺卿手下不可能有那麼多暗衛存在。

越來越好奇了，在顏末看來，越瞭解邢陌言，越覺得這個男人神秘。

「話說，今天真的能捉到鬼嗎？」邵安行對此表示懷疑，說白了，他就是鬧脾氣了，不想等了。

邵安炎。「你可以先回去。」

邵安行撇撇嘴，不說話了，畢竟這裡還有江月這個姑娘，他要是回去，那多沒面子。

不過江月倒不是不耐煩，而是有點累，鍾誠均見狀，小聲開口。「月月，可以靠著我。」

江月點點頭，靠在了鍾誠均身上，輕輕舒了口氣。

邵安炎在旁邊看著，又看了看顏末，從他們來到這裡之後，顏末就一直很專注的盯著劉府的方向，神色沒有一點不耐煩，而且身體也沒移動過，和邢陌言一樣，這兩個人都安安靜靜的。

這樣的一個人，怎麼可能是個女人呢。

夜色之下，顏末的臉有些模糊不清，月光軟化了顏末臉上被修飾過的冷硬線條，看上去比白天要柔和許多，那雙眼睛專注認真，看著對方的眼睛，似乎能讓人的心也跟著安定下來。

邵安炎發覺自己對顏末越來越感興趣了。

「來了。」顏末突然低聲開口，眼睛都亮了起來，同時身體微微繃緊，跟隻看見獵物的小豹子一樣。

邵安炎並沒有順著顏末的話看向門口，而是仍舊盯著顏末看。

但下一秒，顏末的身影就被邢陌言擋住了。

「身形矮小，不像是個男人。」邢陌言低聲道。

邵安炎皺了皺眉，這才看向從劉府悄悄溜出來的那個人，的確身形矮小，對方從陰影處走到月色下，果真是個女人。

「是她。」顏末驚訝的低呼一聲。

「是誰？」邵安炎感興趣問道。

顏末看了眼邵安炎。「是穎兒。劉府一家四口失蹤的那天晚上，她負責照顧劉家夫妻那一雙兒女。」

邵安炎還想再問，但這個時候，邢陌言一拍顏末肩膀，低聲道：「走了，跟上去。」

這時候穎兒已經往巷子口行去，顏末見狀，連忙和邢陌言跟了上去。

江月和鍾誠均也跟上，邵安炎和邵安行則落在最後面。

走在後面的邵安炎，瞇眼看了看邢陌言。

陽光照不到巷道裡面，月光更照不清一片黑暗。

顏末一行六人走進巷道裡，就見裡面漆黑一片，完全看不到穎兒的蹤跡。

正當顏末焦急怎麼跟丟人的時候，感覺有人牽起了她的手，溫熱的氣息湊到了耳邊。

「我能聽到她的腳步聲，我帶妳走。」

是邢陌言。

顏末點了點頭，後知後覺想起邢陌言看不到，於是也踮起腳，小聲在邢陌言耳邊嗯了一聲。

黑暗中，邢陌言勾起了嘴角，然後一手摸著牆壁，一手拉著顏末往前走。

他們兩人身後的鍾誠均顯然也用這個辦法，而且直接單臂攬著江月往前走，姿態親密。

至於最後的邵安炎和邵安行，兩人在黑暗中彼此對視了一眼，分別摸著牆壁，準備自己走。

穎兒走得很快、很焦急，根本沒想掩蓋自己的腳步聲，估計她也想不到自己身後會跟著一串人。

顏末發現穎兒對巷道的路很熟悉，哪怕看不見，也能健步如飛，這就苦了他們這些跟在身後的人，不僅要小心掩蓋聲音，還要跟上穎兒，精神極度緊繃。

這個時候，顏末根本沒心思感受邢陌言拉著她的手是什麼感覺，一心只放在跟蹤穎兒上。

漸漸的，前方逐漸出現了光亮，顏末敏銳的發現，穎兒這是走到了巷子後面的亂葬崗。難道人藏在亂葬崗附近？

走出巷子，周圍瞬間變得明亮了起來，顏末緩緩呼出一口氣，在黑暗中待得太久果然不行，還好很快就出來了。

穎兒繼續往前走，穿過亂葬崗，往林子的地方而去。

顏末等人也連忙跟上去，但走著走著，顏末突然發現有哪裡不對勁，低頭一看，就見邢陌言還牽著自己的手，一點放開的意思都沒有。

看了眼身邊臉色如常的人，顏末晃了晃胳膊，示意邢陌言可以鬆開她了。

邢陌言扭頭看了顏末一眼，眼裡有疑惑，像是不懂顏末是什麼意思。

顏末。「……」

第四十一章

扭頭看了下身後的四個人，江月像看八卦似的，雙眼發亮的看著顏末和邢陌言牽在一起的手。

鍾誠均則是眉頭皺得死緊，看臉色，彷彿遇到了世紀難解的難題一樣。

邵安炎和邵安行也注意到了顏末和邢陌言手牽手，邵安行顯然有些驚訝，邵安炎則是沒有表情，顏末也看不出邵安炎的想法。

轉回頭，顏末又去看邢陌言，也沒再去晃胳膊，就這樣任由邢陌言牽著往前走了。

亂葬崗後面連接著小樹林，雖然叫小樹林，但林子其實很大，而且樹木茂密，加上地處偏僻，根本沒什麼人煙，就算白天走進整片林子，都覺得陰暗，瘆得慌，更別說晚上了。

顏末被邢陌言拉著，分心去觀察前面的穎兒，只是穎兒的身體隱沒在黑暗中，看不怎麼真切，但能察覺到她急匆匆的步伐慢了下來，感覺像是已經走到了目的地。

這林子難道是藏人的地方？但人藏在哪裡呢？

這樣想著，顏末就看到穎兒停了下來，此時她已經走到林子深處。

有夜色遮擋，顏末和邢陌言等人的身影隱藏在樹木之後，雖然距離穎兒較遠，還是能觀察到穎兒在原地轉了一圈，似乎在找什麼東西，然後發現什麼後，彎下身子摸索了一陣，隨即，隱約有聲音傳來，像是鐵板挪動的聲音。
顏末驚奇地扯了扯邢陌言袖子，想問邢陌言看沒看清穎兒在幹什麼，但發現邢陌言臉色有些難看，似乎想起了什麼。
「怎麼了？」顏末小聲問道。
邢陌言遲疑的搖搖頭。「先看看再說。」
這時候，穎兒的身影已經消失，她從打開的地方下去了。
林子裡竟然有密道，難道那裡是用來藏人的地方？

此時大理寺書房內，朱小谷和陸鴻飛正在整理這次案子的線索，之前梳理案情的白板就放在書房裡，上面還有鍾誠均畫的小地圖。
陸鴻飛抬眼看向小地圖上亂葬崗和小樹林的位置，突然開口問朱小谷。「你對當年的巫蠱之禍瞭解嗎？」
朱小谷頓了頓，抬起頭笑了笑。「當年巫蠱之禍影響那麼大，我多多少少也瞭解一點。」
「按照時間算，當年你還沒出生吧。」陸鴻飛仍舊在看小地圖，說出的話有些漫不經心。
「估計那個時候，陌言也才出生而已。」
「陸大人，怎麼突然提起這個？」朱小谷笑著問道。

陸鴻飛搖搖頭，伸出手點了點白板。「我只是看著那片樹林，突然想起以前那場巫蠱之禍，他們的一個據點就在那片小樹林，所以小樹林旁邊堆成了亂葬崗，因為當時皇城君圍剿那些人的時候，其中一塊地點就是小樹林，不過我不清楚那群人到底為什麼會出現在這片樹林裡。」

朱小谷跟著看過去，眼裡閃著不明的情緒，他輕聲道：「誰知道呢，不過那些人也死有餘辜。」

陸鴻飛不置可否，轉而說道：「因為趙芳已經暴露身分，她背後主人的據點有了變動，近期盤查動作多的地方，竟然是城北，而那個文叔……呵，對方背後勢力肯定不小，掃尾工作做得不錯。」

朱小谷嘖嘖兩聲。「城北啊，如果背後之人真是那裡的一家，這京城可就翻天了。」

邢陌言拉著顏末走到穎兒剛才站立的地方，襯著月色，就看見了迴旋的樓梯，就一眼，能看出這底下的空間絕對不小。

江月和鍾誠均，還有邵安炎以及邵安行也都走了過來，幾人看到小樹林裡有這麼個地方，都有些驚訝。

沒有多耽誤時間，邢陌言就拉著顏末往下走，其餘四人連忙跟上。

走過樓梯之後，是長長的走廊，走廊零零散散點著燭火，應該是穎兒點上的。

顏末觀察著走廊的環境，發現這裡有些荒廢，地上有暗色的痕跡，按照她的經驗來看，那應該是血跡，牆壁斑駁，上面有很多劃痕，而且也有更多血跡。

這裡曾經發生過慘烈的激戰，應該死了不少人。

顏末越看越心驚，忍不住想這裡到底是什麼地方。

再往裡走，空間越來越敞亮，而地上擺著很多陶製的瓶瓶罐罐，顏末還看不懂地上那些東西是什麼，這時就聽江月壓低聲音開口，但仍舊掩蓋不住聲音裡的驚訝。「這些都是裝草藥粉末的陶罐，讓我看看。」

說完，江月連忙蹲下去查看，還低頭聞了聞，肯定道：「的確都是裝草藥粉末的陶罐。」

顏末聽到江月這話，突然想到一個可能。「月月，妳看看這有沒有可能是製作葬花的草藥粉末？」

「這個我要拿回去研究一下才行，而且我只聽說過製作葬花的幾味藥，知道得不全。」

江月面露難色。

邢陌言低聲道：「八九不離十，這裡以前應該就是製作葬花的地方。」

「以前？」顏末抓住了一個關鍵字。

邵安炎神色變得有些嚴肅。「這裡難道是……」

話還沒說完，突然傳來一聲重物倒地的聲音，幾人不敢再耽誤，連忙朝著發聲的地方跑了過去，就見一間密室內，一個男人倒在地上掙扎著，不遠處還有一個女人和兩個小孩抱在一起，只不過四人的嘴巴都被布條堵住了，發不出聲音來。

而他們之前見到的穎兒，正拿著一把匕首，準備刺向男人。

穎兒見到邢陌言和顏末等人跑進來，臉上露出了驚恐的表情。「你們……」

顏末根本沒浪費時間，趁著穎兒還在驚訝時，直接衝到她面前，伸手想要打落匕首，但穎兒的反應更快，在顏末伸手的時候，自己扭過身子一躲，同時匕首朝著顏末的臉劃了過去！

「小心！」

江月嚇得叫了一下。

顏末仰頭下腰，但穎兒的匕首也跟著往下，顏末只好又一扭腰，但側頭的瞬間，還是和下行的匕首碰上了，頭髮的髮帶被匕首劃斷，髮絲掉落幾根，一頭黑髮飛甩開來。

側腰之後，顏末一記後踢腿，將穎兒手中的匕首踹飛了。

穎兒慘叫了一聲，但她已經無路可退，所以哪怕手腕被顏末踹斷，她眸中還是帶著狠戾，繼續朝顏末進行攻擊。

顏末皺眉，她怎麼都沒想到穎兒這樣一個小丫鬟竟然會功夫，不過這會兒顏末已經反應過來，幾招下來，用擒拿術將穎兒制伏。

只是沒想到，在將穎兒制伏的過程中，穎兒像是發現了什麼，愕然看向顏末。「妳是女人?!」

估計穎兒也沒想到，外貌頗具男子氣概的顏末，胸部竟然那麼軟。

這話一出，場面一靜，除了哭泣的女人和孩子外，其餘幾人都沒有說話。

打破平靜的是鍾誠均，只聽鍾誠均遲疑的看了顏末好幾眼，雖然披頭散髮，但是從顏末的外貌來看，怎麼看都不像女人，雖然身為男人，顏末的長相也著實清秀了些。

「他哪裡長得像女人了？」鍾誠均說完，還自己乾乾的笑了兩聲，回頭看江月。「月月，妳說是不是，這個人竟然說顏小末是女人……」

鍾誠均沒能說下去，因為他覺得江月看他的眼神，很有種深意。

邵安炎則是看向邢陌言，果然見邢陌言臉上沒有詫異的神色，看來早就知道顏末是女人的身分了。

只有邵安行打量了顏末好幾眼，對顏末的臉頗有些好奇。

「邢大人，大理寺什麼時候收女捕快了？」邵安行冷笑著看向邢陌言。「之前春日宴上，父皇還見過顏末，那個時候你好像沒跟父皇解釋顏末是女人，邢大人，這好像是欺君之罪吧。」

顏末皺眉看向邢陌言。「大人……」

邢陌言看了顏末一眼，示意顏末不用擔心，隨即看向邵安行，和邵安行對視著，臉上絲毫慌亂的表情都沒有。「這確實是我不對的地方，我會向皇上請罪。」

「哦？」邵安行挑眉。「你要怎麼……」
「這都是出於我的私心，想要末末留在我身邊。」
邢陌言說完這句話，不僅邵安行卡住了，邵安炎微微皺了皺眉，江月和鍾誠均瞪大眼睛，就連顏末也一臉驚訝的看著邢陌言，大腦裡迴盪著邢陌言這句話，卻好似根本不明白是什麼意思一樣。
什麼末末，什麼叫想讓我留在他身邊？
顏末只覺得有些頭暈目眩，手下的動作忍不住加重……直到穎兒傳來一聲慘叫，才打破這詭異的氣氛。
邢陌言勾起嘴角看著邵安行。「希望皇上到時候能體諒體諒吧。」
邵安行皺眉。「你——」
邢陌言卻不再理會邵安行，而是看向顏末。「證據確鑿，將人帶回去審問。」
剛才還叫人家末末，現在卻一臉公事公辦的樣子。
顏末。「……哦。」完全不知道說什麼。
所以剛才那句話，其實是為了敷衍二皇子吧？
顏末將穎兒綁起來，江月和鍾誠均將劉掌櫃扶起來，看了看傷勢，好在只傷到了胳膊，沒有重傷，只是這四人的氣色都非常不好，精神和身體都受到了傷害，回去需要好好調理才行。

穎兒被緝拿歸案，劉府失蹤案解決了，可是其他三棟宅子的問題還沒有解決，案子還需要繼續查下去。

回去的路途中，天色已晚，邵安炎和邵安行已經讓人知會宮裡，說他們不回去了，所以今天晚上，兩人都會在大理寺歇腳。

劉府一家四口還需要問訊，也沒有護送回去，只派人通知了王福，然後也將一家四口留在了大理寺。

顏末覺得劉府一家四口需要做心理輔導，尤其是兩個小孩子，畢竟他們在暗無天日的地下待了很長時間，雖然沒遭受多少虐待，但心理上的創傷才是最大的問題。

除此之外，顏末還有很多想不通的地方，比如劉府一家四口被關的地方原本是做什麼的？為什麼那個地方會有製作葬花的藥材，葬花不是和巫蠱之禍有關嗎？

這一切，還需要審問穎兒。

但在此之前，顏末是女人的事情，可不會那麼輕易就帶過。

畢竟這件事情牽扯到皇上，如果解釋得不好，可能會引發皇上震怒，顏末可不希望因為自己而讓邢陌言受到責罵。

另外，邢陌言那句話到底是什麼意思，顏末回去的路上，腦子漿糊了一路。

因為太晚，將人安頓好之後，邢陌言就讓人各自回房休息了。

顏末低著頭，也要走，卻被邢陌言拉住了胳膊。

「大人？」顏末回頭看邢陌言，語氣中多少有些遲疑，此時她有些不知道該如何面對邢陌言，而且也不知道邢陌言現在攔住她是想要幹什麼。

「既然身分暴露了……」邢陌言挑眉看著顏末。「明天就恢復女裝吧，不然整天化妝也很費事。」

顏末點點頭，隨後頓了頓。「大人只和我說這個嗎？」

她頭微微仰起，看著邢陌言，又稍微偏移了目光，好似有些糾結，也帶著猶豫。

邢陌言笑了一聲。「我有很多話想跟妳說，但現在實在太晚了，我怕妳聽了，會睡不著覺。」

顏末下意識嘟囔一聲。「你不說，我也可能會睡不著覺。」

「那我讓妳安心可好？」邢陌言看著顏末，神色認真。「我說的話都是真的。」說完，他伸手揉著顏末的頭髮。「妳可以放心去睡覺。」

顏末驀地紅了臉頰，而且覺得邢陌言這個人有些討厭，憑什麼肯定自己說的話是真的，她就能安心，彷彿篤定了她希望那些話是真話似的。

瞪了眼邢陌言，顏末轉身就走，再待下去，感覺自己會被這個男人看穿。

第四十二章

不過回到房間裡，顏末還沒睡著，江月就跑來了。

「妳不是被鍾大人送回去了嗎？」顏末打開房門，驚訝的看著跑回大理寺的江月。

此時江月手裡抱著一個大包袱，笑嘻嘻的擠進門內，朝顏末眨眨眼。「我來陪妳睡覺，還給妳帶了東西。」

說著，江月就將手裡的包袱放在床上，一打開，裡面竟然全是女裝。「看啊，末末，這些都是新的，我沒穿過哦，我覺得妳明天應該能穿回女裝啦，所以特意給妳帶過來的，我好不好啊？」

江月拉著顏末的胳膊求誇獎。

顏末真的挺感動的，回抱了下江月。「謝謝月月，我很感動。」

「嘿嘿，我早就想跟妳秉燭夜談了。」江月搓搓手。「今天正好，我們夜聊啊，明天我也不用回去，正好審問那什麼穎兒，我還要看看從地牢裡拿來的藥材是不是做葬花的藥材。」

「妳爹同意妳在大理寺留宿？」顏末面帶疑問的看著江月，她想起江月她爹防鍾誠均跟防賊一樣，不太肯定對方願意放江月過來。

江月撞了下顏末，笑嘻嘻道：「不是有妳嘛，妳終於恢復女兒身了，我完全有理由在這裡留宿陪伴好姊妹啊。」

顏末。「……」我覺得妳是在利用我，哼，所謂的姊妹情都是假的。

想著明天一早就能見到鍾誠均，江月美滋滋的，和顏末洗漱完，往床上一躺，這才想起要關心關心小姊妹。

「對了，末末，妳和邢大人到底是怎麼回事？」江月伸出兩隻手指比了比。「嗯？你們什麼時候好上的。」

「妳亂說什麼，還沒……」

「那就是有可能好嘍。」江月眼睛發亮的看著顏末。「不就是差點時間、差點火候嗎？」

顏末。「……」

「我說邢大人在知道妳是女人之後，為什麼還把妳留在身邊。」江月嘖嘖兩聲，調侃著看顏末。「想必是早就對妳有意了吧。」

顏末臉色有些紅，她搖搖頭。「不知道，這個話題太過，不許說了。」

伸手捂住江月的嘴，不許對方再說話了。

江月唔了一聲，果斷跳過這個話題，然後抱著顏末的胳膊，又跟她聊起自己心裡的煩惱，無非就是她爹仍舊不想這麼早把她嫁出去，可她想嫁啊！

當然不能這麼大剌剌的說，這都是顏末根據江月的話總結出來的，繞來繞去，江月無非是很想嫁給鍾誠均，鍾誠均也很想娶江月，奈何江月有一個女兒控的爹，一直覺得江月還小，不能這麼早嫁人。

「怎麼辦啊，末末。」江月嘆了口氣。「誠均哥哥都挨過我爹好幾頓打了，我爹還不同意。」

「我覺得妳爹不是不同意。」顏末想起風華出眾的翰林院掌事，開口道：「應該是想為妳多考驗考驗鍾大人，畢竟定國公家是武將家庭，而妳爹是文人，肯定怕妳嫁過去吃虧。」

「我爹是提過這個話題。」江月覺得有道理，點點頭。「不過誠均哥哥真的對我很好，我爹就是不放心。」

「那就讓鍾大人和妳爹好好談談，開誠佈公的談談心。」顏末想了想現代女婿見岳父的一些操作。「一起去喝點酒，男人嘛，酒桌上沒什麼不能說的。」

「啊，這倒是個好辦法。」江月受到了啟發，神色又飛揚起來，親了顏末一口。「那末末，妳和邢大人到底什麼時候確定關係啊？我有預感，妳吃我喜酒的時候不遠了，別到時候我和誠均哥哥都成婚了，你們兩個還在拖拖拉拉的。」

顏末瞪了江月一眼。「怎麼話題又繞到我這裡了，不說了，趕緊睡覺。」

「哎呀，末末……」

「明天還要審問犯人呢！」

「……」

都怪江月臨睡前那句問話，導致顏末一整晚夢見的全是邢陌言，一會兒聽邢陌言說喜歡她，一會兒又聽邢陌言說是開玩笑的，不然就說那是權宜之計，整個夢境鬧哄哄的，讓人心煩又意亂。

早上起來，顏末精神不太好，看了眼旁邊睡得跟豬一樣香的江月，忍不住捏住對方的鼻子，在對方哼哼叫著醒來之後，才鬆開手。

「幹麼啊，末末，我正好夢見誠均哥哥了。」

「春夢啊。」顏末幽幽說了一句。

江月。「……討厭，夢都被妳嚇醒了。」

捧著臉，江月的臉有些紅，顏末很有理由相信自己發現了真相。

從床上下來，顏末下意識找男裝穿起來，然後被江月攔住了。

「末末，妳怎麼還穿男人的衣服，我不是給妳帶了女裝過來嗎。」江月扯住顏末的衣服，指了指自己帶來的那堆女裝。

顏末這才回過神，意識到自己不需要偽裝了。

但看著江月帶來的女裝，粉的粉嫩，白的白淨，綠的清新，紅的豔麗，突然就讓顏末有種彆扭的感覺，之前隱藏身分換回女裝，哪怕見到邢陌言等人，但對方沒認出她，她也還是自在的。

可這次要表明身分換回女裝，然後再走到邢陌言等人面前，想想就讓顏末有種不自在的感覺。

可不自在歸不自在，顏末還是在江月的監督下，選了一件白色簡潔的女裝換上了。

「化妝！末末。」江月拉著顏末的手，不讓顏末走，非得讓顏末打扮得漂漂亮亮再出門。

顏末很無奈，本來換上女裝都有些彆扭了，這還要再打扮自己，更覺得……不過江月是那種不達目的勢不甘休的人，顏末說不動江月，只好同意，正好昨天晚上睡得不太好，夢境太混亂，臉色有些憔悴，還是上個淡妝比較好。

「顏公子……顏……顏末真的是女人嗎？」朱小谷張大嘴，不可思議的看著鍾誠均，表示自己一覺醒來，突然接收這個消息，有些反應不過來。

昨天晚上挺混亂的，將人安頓好之後，他就去休息了，所以也沒來得及知道顏末是女人的事情。

鍾誠均點點頭，摸著下巴感嘆了一聲。「我昨天也驚呆了，真沒想到……」

「沒想到什麼？」陸鴻飛也起來了，朝兩人走過來。

朱小谷連忙噼哩啪啦將自己剛剛得知的消息告訴陸鴻飛。「陸大人，顏末竟然是女人，我的天，這個消息是不是很勁爆？你看看顏末，她平日哪裡像女人了，沒想到掩藏得那麼好。話說，小豌豆一直叫顏末姊姊，難道我們豌豆特別聰明？竟然一眼就認出顏末的真身了。」

「我早就猜到了。」陸鴻飛輕飄飄一句話出來，驚呆了朱小谷和鍾誠均。

鍾誠均嚇到。「什麼？你早就猜到了？」

陸鴻飛托著下巴。「不僅我早就猜到了，估計陌言也早就知道了。」

「怎麼會？」朱小谷驚訝的看著陸鴻飛。「如果大人早就知道顏末是女人，那為什麼還能容忍顏末留在身邊，還那麼親近，大人不是一向……」

陸鴻飛笑了一聲。「你家大人就算再討厭女人，前提是，他也是個男人。」

朱小谷。「……」好像發現了什麼不得了的真相。

一旁鍾誠均則是暗自掐著手算，他家月月早就知道了，邢陌言也早就知道了，就連陸鴻飛也早就猜到了，好像孔先生更是最先發現的那個人，所以就他不知道？他現在淪為和朱小谷一掛的嗎？

這讓他情何以堪！

陸鴻飛好笑的看著鍾誠均臉色變來變去，嘖嘖兩聲，給自己倒了杯茶。

這時候，邢陌言和邵安炎，還有邵安行也走了過來。

邵安炎和邵安行都有人伺候，哪怕突然決定留宿大理寺，第二天也有人專門跑來伺候，兩人都換了一身新衣服，身上都收拾妥當，看起來神采奕奕。

「顏末呢？」邵安炎走進來，眼神轉了一圈，好奇問道。

邢陌言看了眼邵安炎，得到邵安炎一個回笑，眼睛瞬間就瞇了起來。

不等有人回答，不遠處有腳步聲響起。

眾人回頭，就見江月和顏末手挽著手走了過來。

因為顏末換回了女裝，沒有畫男妝，眾人一時都沒有反應過來，看向顏末的視線都帶著疑惑。

「咳，大家好。」顏末率先開口，打了聲招呼，神色有些尷尬。

朱小谷張大嘴。「顏顏顏……」

「叫我顏末姊就行。」顏末看向朱小谷，無奈開口道。

知道和看到完全是兩回事，知道顏末是女人，但朱小谷腦海裡完全沒有顏末是女人的印象，此時見到顏末女人的裝扮，完全不同於男人裝扮的柔和線條，確實有些震驚。

嚥了嚥口水，朱小谷還是一臉驚訝的看著顏末。「顏末姊，妳平時到底怎麼裝扮的，女裝和男裝完全是兩回事，之前出現的那個顏末，和現在的妳，就像是姊弟兩個一樣。」

顏末忍不住黑了黑臉。「為什麼是姊弟，而不是兄妹，難道我這副樣子比我男妝的時候顯老嗎？」

「啊？啊，沒有沒有。」朱小谷連忙擺手，忍不住縮了縮脖子，果然女人的年齡是說不得的。

「妳不是上次在望香樓裡……」邵安炎看著顏末，眼裡閃過一抹精光，突然笑了起來。「原來我們早就見過妳的女裝了，不過上次妳也是進行了偽裝吧，這次才是妳的真面目？」

顏末點點頭。「上次和作男妝打扮一樣，都做了一些偽裝，不算是我本來面目。」

一旁沒有說話的邵安行嘖了一聲。「妳這女人可以啊，男妝把大家耍得團團轉，裝得還挺像樣子。」

顏末沒有回話，因為不知道該怎麼回話。

其他人皺了皺眉，雖然都不滿邵安行說的話，但礙於對方的身分，也不好說什麼。

邵安行嗤笑一聲，打量了顏末好幾眼，這才移開視線。

這時，邢陌言走過來，拉住了顏末的手，帶著顏末往裡面走，邊走，邊低頭看顏末。「這個裝扮很適合妳，和上次是不一樣的感覺，也好看。」

顏末笑了笑。「上次也好看？」

「好看。」邢陌言毫不遲疑的點頭。

被人誇總歸是高興的，顏末抿嘴笑起來，剛才被邵安行那番話所帶來的不悅都消散了不少。

手被邢陌言牽著，雖然對方很快放開，但這個動作並未被其他人忽略，眾人反應不一。

邵安炎皺了皺眉，他不懷疑邢陌言昨天晚上那番話的真實性，但邢陌言是什麼身分，顏末又是什麼身分，邵安炎只覺得邢陌言應該不會和顏末有多長遠的發展，但現在來看，邢陌言很在乎顏末。

顏末的確是個有趣的女人，讓人好奇，忍不住想要一探究竟，但如果成為妻子，那就不夠格了，先不說顏末平民的身分，就顏末的身分還需要多番查探。

早飯之後，邢陌言準備提審穎兒。

邵安炎和邵安行還沒有回宮，打算聽完這場審訊再回去，尤其是邵安炎，好像很重視這次案子。

但顏末覺得邵安炎不是重視劉府失蹤案，而是重視另外三家的案子，而這份重視是從葬花出現開始。

想起早上那頓早飯，顏末就忍不住搖頭，有邵安行和邵安炎在，那頓早飯吃得比較壓抑，而且邵安行一直在找她的茬兒，雖然每次都被邢陌言不鹹不淡的擋回去，但顏末有預感，自己恢復女人身分的事情，邵安行一定會拿來大做文章，不然都對不起他早上這麼挑事兒。

至於邵安炎，顏末覺得這位大皇子的態度有些奇怪，且心思有些讓人摸不準。

按理說，邵安炎應該是站在邢陌言這邊的，但字裡行間，顏末發現邵安炎偶爾也會附和邵安行的話，雖然沒有明說，但顏末直覺邵安炎不願意看到邢陌言和她在一起。

哎，想什麼呢，邢陌言還沒有明說什麼……顏末搖搖頭，將心裡雜亂的想法暫時壓了下去。

第四十三章

經過一個晚上的關押，穎兒的神色變得很憔悴，大概覺得自己逃不出去了，臉色灰白，被審問之後，該交代的都交代了。

劉府的丫鬟小廝都是聘用的，畢竟劉掌櫃也不算是大戶人家，根本不會有家生子，所以一般都是在外面招收下人，而穎兒就是利用這個機會混進了劉府。

她會點武功，本身就是騙子出身，機緣巧合認識了趙才德，在趙才德的邀請下，兩人便合作幹起了這勾當，裡應外合，將劉府一家四口帶走，偽造成失蹤案，等風聲過去，再將人殺了，拋在亂葬崗裡，然後他們就能從劉家偷拿錢財，反正劉家這些下人只要給點錢，就不會出去亂說。

劉家四口之前失蹤的那幾口人，都是這樣消失的。

只不過這次有王福，一個忠心耿耿的管家，才讓劉府一家四口得以生還。

「妳和趙才德怎麼找到小樹林那處地牢的？」邢陌言凝眉問道。

「是趙才德帶我去的。據他告訴我，那個地方曾經是什麼文叔的據點，後來那裡空置下來了。」穎兒低著頭開口道。「趙才德說最危險的地方就是最安全的地方，既然那個地方已經沒人了，應該也不會有人再回來，所以我們才將抓來的人關在那裡。」

穎兒一番話，讓邢陌言、邵安炎和邵安行的面色都有些凝重。

今早吃完飯，江月和孔鴻將之前拿到的葬花分解了，分辨出不少藥材，而其中的幾味藥材和之前他們在地牢裡發現的藥材一模一樣。

也就是說，那裡很可能是製作葬花的地方。

而穎兒卻說，那裡是文叔之前的據點，這下，文叔和葬花扯上了關係，而葬花和巫蠱之禍也有關係，也就是說，文叔很可能和當年的巫蠱之禍也有關係。

「難道當年的巫蠱之禍真有餘黨？」邵安炎皺眉，臉色一沈。

「他們的目的是什麼呢？」邵安行也跟著皺眉問道。

顏末突然想到一個可能，遲疑開口。「當年巫蠱之禍是不是發動了爭鬥？」因為那些地牢那些牆壁的痕跡實在太令人觸目驚心了。

陸鴻飛嘆口氣。「何止是爭鬥那麼簡單。」

邵安炎臉色難看。「他們甚至想要顛覆……」

話說到一半，沒有繼續說下去，但顏末已經聽出來了，她點點頭。「其實他們的意圖很明顯——他們想要斂財。」

「斂財是——」邵安炎蹭的一下站了起來，用手重重的捶了下桌子。「這群人……這群人還死性不改！」

發動戰爭，一是需要人，此外，便是需要物資，而無論任何物資，都是建立在錢財的基礎上。這些人的目的不言而喻。

知道這個案子可能和巫蠱之禍扯上關係之後，邵安炎和邵安行就離開了，兩人離開時，神色都不大好看，尤其邵安炎神色更加難看。

穎兒被帶下去，如今劉府的案子算是破了，但是牽引出來的另一個案子，卻變得更為嚴峻，而且這個案子的線索少得可憐，甚至讓人抓不到頭緒。

可能因為背後的勢力龐大，一時找不出更多線索，只能抽絲剝繭，慢慢尋找真相。

目前從穎兒這裡掌握的，便是地牢這一條線索，其實順著這條線索，能順藤摸瓜出其他條，只是這些線索可能要從源頭尋找，所謂的源頭，就是當年那場巫蠱之禍。

對於巫蠱之禍，顏末還知之甚少，因為所有談及巫蠱之禍的人，都只起了個頭，便沒有繼續下去，對此避而不談。可以想像，當年的巫蠱之禍何其慘烈，牽連甚廣，直到現在，眾人多不願提起，更不知該如何提起，因為一提起巫蠱之禍，便可能會有很多不可明說的人在其中，於是變成不能說。

這都是顏末根據這段日子以來聽到巫蠱之禍後所分析出來的，儘管巫蠱之禍讓人避之唯恐不及，但若想破這個案子，她覺得必須瞭解它的來龍去脈。

如果是平常，顏末就直接去問江月了，但現在，顏末沒抓住江月，對方被鍾誠均拉跑了——好不容易今天相處的時間多，自然要好好珍惜。

於是在江月走了之後，顏末將目光轉向了陸鴻飛。

經過這段日子的相處，顏末覺得她和陸鴻飛的關係還是客氣居多，即使陸鴻飛臉上總是帶著笑，溫和有禮，但其實待人還是有些疏離，再加上她和陸鴻飛單獨接觸的機會並不多，所以和陸鴻飛說話，不像和鍾誠均那麼自在，更別說像和邢陌言相處那麼自在了。

其實這三個人當中，無論在誰看來，邢陌言也都是最難相處的那個。

顏末自己心裡做一番對比，也清楚這三個人的受歡迎程度，但是她為什麼會覺得和邢陌言相處最自在？

也不僅僅是因為自己對邢陌言的態度，還有邢陌言對她的態度……

不行，不能多想，一多想就容易想多。

顏末甩甩腦袋，叫住正往外走的陸鴻飛，想向陸鴻飛詢問巫蠱之禍的事情。

陸鴻飛站定，聽完顏末的話，開口。「我不介意跟妳講講巫蠱之禍，不過我怕有人介意。」

「嗯？」顏末一偏頭，發現邢陌言就站在不遠處看著他們。

邢陌言不是走了嗎？

顏末微微驚訝了一瞬，就見邢陌言又走了回來，而陸鴻飛則是笑了笑，往外面走，和邢陌言擦身而過的時候，還拍了拍邢陌言的肩膀。

這些都被顏末看在眼裡，就因為看著呢，所以顏末很不自在的轉身想走。

沒有任何理由，就是身體下意識反應，不過有個人比顏末的反應更快，在顏末轉身的時候，伸手拉住了顏末的手。

「跑什麼？」

帶著笑意的聲音從身邊傳來，顏末立即站定。「沒跑。」

「沒跑？」

聽著邢陌言帶著懷疑的笑聲，顏末嘆了口氣，抬起頭盯著邢陌言的眼睛。

邢陌言勾起嘴角，伸出手，掌心朝上。「和我去個地方吧。」

顏末看著邢陌言的手，想了想，將自己的手放了上去。

對方骨節分明的大手上，搭上纖長白嫩的手掌，一把握起來，邢陌言的手能將顏末的手包握進去。

手心溫暖，皮膚貼著皮膚的感覺實在太美好，兩個人都有些停頓，隨即互相看了彼此一眼，忍不住都勾起了笑。

顏末並未問邢陌言要帶她去什麼地方，跟著走就是了。

此時初春逐漸過去，氣候回暖，溫度不高也不低，風吹在臉上的感覺都是輕柔的，讓人從內到外都很舒服，心情也跟著明朗起來。

走著走著，顏末突然下意識放慢了腳步，因為不遠處，一扇朱紅色大門分外明顯，而大門的牌匾上，寫著邢府兩個字。

邢陌言感覺到了顏末放慢的腳步，回頭看向顏末。「怎麼了？」

什麼怎麼了，這裡可是邢府，你問我怎麼了？

顏末站著不動，才出大理寺就被帶到了邢府，她有些搞不懂邢陌言想要做什麼。

八字還沒一撇呢，就要上門了？

看著顏末微微泛紅的臉色，抿著嘴也不說話，就站在原地，顯得有些躊躇無措，邢陌言心裡都柔軟起來，眉眼帶著笑意，轉過身正對著顏末，伸出另一隻手，輕輕拉起顏末垂在胸前的頭髮。

「這裡是我家。」

顏末看了邢陌言一眼，小聲嘀咕。「我知道。」她又不是眼瞎，也不是不識字。

「妳不想跟我回家？」邢陌言輕聲問道。

顏末。「……」

「我想帶妳見見我外公。」邢陌言繼續開口道。

顏末抿了抿嘴角。「大……大人，這是不是太快了，我們……」

「什麼太快了？」邢陌言挑了挑眉。「妳不是想知道當年巫蠱之禍的事情嗎？」

「啊？」顏末有些反應不過來。

邢陌言看往邢府的方向，似乎在向顏末解釋，也似乎在自言自語。「當年那場巫蠱之禍的詳細情節，未參與那段日子的人絕對無法說清楚，我們都是道聽塗說，但外公，是親身經歷過那場災禍的人。」

顏末皺了皺鼻子。「難道大人的外公從來沒和你說過巫蠱之禍這件事嗎？」

「無從說起。」邢陌言笑了笑。「也無法說起，我所知道的關於巫蠱之禍的事情，都是我自己查到的，而究竟當年的事實為何，我未曾從外公那裡得到過驗證。」

「那大人……」

「正好巫蠱之禍於現在又有了頭緒，我想這是個好時機。」邢陌言眼眸沈了沈。「我想向外公問清楚這件事。」

顏末點點頭，原來是為了這件事才把她帶來啊。

鬆了口氣的同時，顏末還有些失落。

跟著邢陌言往前走，走到邢府大門口的時候，顏末又聽邢陌言開口道：「當然，今天也是和外公介紹我意中人的好時機。」

顏末瞪大眼睛。「……」

還沒反應過來之前，被邢陌言拉進了邢府。

小媳婦上門了。

此時，江月拉著鍾誠均，和孔鴻正一起聚在大理寺的牢房裡。

別問鍾誠均為什麼和心愛小媳婦在牢房這個地方約會，就是小媳婦有特殊愛好。

愁啊。

此時此刻，孔鴻仍舊在和之前那幾個被活捉的黑衣人說話，按顏末的話來說，可以簡單概括成洗腦。

孔鴻不僅將顏末教與他的話術運用到爐火純青的地步，還因地制宜、因時制宜，加上了大瀚朝的律法制度，還自己整編了一些，聽得鍾誠均眼睛直冒圈圈。

江月倒是聽得津津有味，還時不時做筆記，勢要將自己師父說的話都記錄下來。

鍾誠均打了個哈欠，心想聽孔鴻說話，還不如讓他看孔鴻和月月解剖屍體，感官刺激也總比現在睏得要死強。

瞄了眼牢房裡的黑衣人，狀態一點不比他好多少，畢竟鍾誠均受不了的時候還能用手捂住耳朵，而且他才第一次過來聽，但黑衣人可是連續好幾天不間斷的聽著孔鴻絮絮叨叨的說著話。

如果顏末能過來聽一次，絕對會見到大話西遊唐僧真人版。

話題繞來繞去，核心主旨不變，主要是勸這些人將自己知道的趕緊說出來，不然還有得耗。本來這些黑衣人都不怎麼說話，但經過這幾天被孔鴻荼毒，哦不，教育，開口的次數越來越多，隱隱有崩潰的趨勢，每次他們讓孔鴻不要再說了，孔鴻就會接一句把線索交代清楚就不會再繼續說。

這樣一來二去，就會在這些人腦海裡形成一個指令，只要他們把該說的東西說出來，就不用再忍受這種折磨，這種無異於心理暗示。

精神上的折磨往往高於身體上的折磨，這些天下來，人的意志力也開始逐漸遠去。終於有人受不了了。

鍾誠均精神一振，和江月對視一眼，又去看孔鴻，此時他們再去找邢陌言過來聽已經來不及，如果給這些人反應時間，可能回過神，這些人又不願意說了。

所以必須逮住他們意志薄弱的時刻，攻克到底。

於是孔鴻只是頓了頓，便立即開口問了下去，江月則是拿著筆，不動聲色的記錄著。

鍾誠均則是抱著手臂觀察這幾人的神色，判斷這些人是否在說謊——他特意跟父親學過如何判斷俘虜話裡的真假，人在說謊的時候，神色會發生細微的變化。

當然，很多事情沒有絕對，這幾人身分特殊，不可能一次審問之後就結束問話。

邢陌言的外公是當朝太傅，邢老爺子在朝中地位無人能及，且非常受大瀚朝皇帝尊敬。

顏末想著聽來的種種傳言，感覺邢老爺子是那種不苟言笑、非常嚴肅的人，畢竟是太傅嘛，感覺手裡總拿著戒尺，動不動就要打手掌心。

越想越無法鎮定，尤其邢老爺子的身分還不普通，他可是邢陌言的外公。

第四十四章

進來之前，就有下人快速去通報了消息，所以邢老爺子早就在正廳等著了。

一個頭髮花白的老人，但精神抖擻，身體看上去也很硬朗，最讓顏末驚訝的是，老人正在做手工活，手裡拿著一個木頭在雕刻著。

「外公。」邢陌言叫了一聲。

這一聲也讓顏末回過神，立即從邢陌言手裡將自己的手抽出來，在邢老爺子看過來的時候，也跟著問好，並作了自我介紹。

邢老爺子微微有些驚訝，隨即便笑了起來。「妳就是顏末？」

這笑容沖淡了顏末心裡的緊張，她點點頭，忍不住看了邢陌言一眼，難道大人平時有跟自己外公聊起她？

像是知道顏末在想什麼，邢老爺子放下手裡的工具，笑著開口。「陌陌每次回家，都會和我說說他在大理寺的事情，以前談論較多的是案子，現在談論較多的是……咳，我還奇怪陌陌怎麼一直在聊男人，直到有次回來，他大概發現我在擔憂，就跟我坦白了。」

一時接受太多的訊息，顏末有些反應不過來，不過最重要的是……她歪頭看著邢陌言，忍不住開口。「陌陌？」

邢陌言瞥了眼顏末。「叫妳自己嗎？」

顏末使勁憋著笑容。「陌陌和末末。」

邢陌言也忍不住笑了起來。

「咳咳。」邢老爺子眼帶笑意的出聲。「打擾一下，你們今天回來，是確定了？」

顏末。「……」

怎麼都沒想到老爺子竟然問得這麼直白，實在讓她不知道說什麼好。顏末甚至覺得這幾天過得太夢幻了，這才哪裡到哪裡，怎麼就上門見家長了，家長還問他們確定了沒有，感覺跟定了終身一樣。

邢陌言笑而不語，沒有否認，大概看到顏末通紅的臉頰，也沒開口說話，不然平日裡作風大膽的顏末，這會兒真該臉紅成小媳婦了。

「邢大人……」顏末想起他們來的主要目的，連忙開口打算談正事，好將這個莫名的氣氛掩蓋過去。

邢老爺子連忙揮手。「哎哎，叫什麼邢大人，跟著陌陌一起叫我外公就好了，哦對了，妳的小名是什麼？就妳和陌陌的關係，我總不能一直叫妳顏姑娘。」

顏末的臉蹭的一下紅透了，什麼叫我和……我們什麼關係啊，邢陌言根本還沒明說呢！她堅決不承認的！不過想是這麼想，顏末還是口不對心的開口。「那個……我小名是末……末末。」

「哎呦，」邢老爺子一拍額頭。「妳瞧我，現在才反應過來，哈哈，這就是緣分啊，不錯不錯。」

顏末抿著嘴唇笑著，臉上熱得自己都能感覺到。

「好了，外公。」邢陌言這時候才開口。「我今天帶末末回來，不止為了讓你們互相認識一下，還有一件事情要說。」

「什麼事情？」邢老爺子看向邢陌言。

邢陌言頓了頓，才開口。「是關於葬花和巫蠱之禍的事情。」

話音剛落，顏末就見邢老爺子迅速收了笑，臉上的神色變得嚴肅起來，與剛才形成了截然相反的對比，也許這才是當朝太傅真正的姿態，不怒自威，讓人下意識膽顫。

難怪邢陌言平日沒有表情的時候，讓人不敢接近，原來和邢老爺子一樣。

「我不是說過讓你不要查這些事情嗎？都過去了。」

邢陌言搖搖頭。「沒有過去。」說完，他將案子查到現在為止的線索都講了出來。

聽完之後，邢老爺子神色越發凝重，他坐在椅子上，半晌都沒開口說話。

顏末覺得有些奇怪，究竟為什麼大家對巫蠱之禍如此避諱？巫蠱之禍到底牽扯到什麼了？

另外讓顏末想不通的是，邢老爺子似乎很不願意邢陌言接觸巫蠱之禍，可邢陌言卻一直在查，按理說，邢老爺子雖然經歷了當年那場巫蠱之禍，但又沒有參與其中，有什麼不好說的？

邢陌言這次像是鐵了心要知道當年巫蠱之禍的始末，所以也拉著顏末坐了下來，靜靜等著。

邢老爺子抬頭看了眼邢陌言，低低嘆了口氣。「你這孩子……有時候太聰明也不是一件好事。」

「外公，如果一件事情和你有關，你是希望自己被隱瞞，還是知道實情，哪怕知道之後，會承受很多壓力？」邢陌言反問道，神色平靜。

顏末驚了一下，扭頭看向邢陌言，這話是什麼意思？

難道巫蠱之禍還能和邢陌言扯上關係不成？

聽了邢陌言這番話，不僅顏末驚訝，對邢老爺子的觸動更大，老爺子的神色更加複雜。

「妳覺得呢？」邢老爺子沒有直接回答邢陌言，而是扭頭看向顏末，竟然問起了顏末的意見。

顏末雖然驚訝，但很快開口道：「如果一件事情和我有關，那麼我希望知道全部的真相，哪怕這真相很殘酷，但我有權利知道，以保護的名義被隱瞞，而不顧當事人的意願，這說不過去，有些時候，所謂的我為你好，不過是自己一廂情願罷了。」

邢老爺子驚訝地看了顏末一眼，隨即失笑道：「妳這小丫頭說話還真是不客氣。」

顏末不好意思的抓抓頭。

邢陌言卻勾起嘴角看了顏末一眼。

邢老爺子看著兩人，深思熟慮後，才開口。「這件事情牽扯甚廣，我可以告訴你真相，但在此之前，我想先知道你查到什麼地步了？」

邢陌言神色一震，隨即點了點頭。

「我想去逛逛邢府。」顏末這時候開口道。「可以嗎？」

這時候，她需要迴避一下，雖然邢陌言可能不介意她在場，但目前讓邢陌言和邢老爺子單獨交談會更合適一些。

邢老爺子點點頭，寬慰的朝顏末笑了笑，隨即招來小廝丫鬟，讓其帶著顏末去逛逛邢府。

「邢府有一間木料房，裡面有陌陌小時候做的東西，妳可以去看看。」邢老爺子開口道。

顏末點點頭，然後跟著丫鬟小廝出去了。

與此同時的牢房裡，鍾誠均、江月和孔鴻三人，得知了不少消息。

雖還不能確定這些消息的真假，但就目前已經知道的消息來看，足夠讓他們震驚了。

首先，像他們這些身為暗殺存在的黑衣人，數量極其可觀，都是為了解決各種阻礙而存在，還有就是像趙芳和趙才德那樣的人，是傀儡也是偽裝者，是為了方便任務順利進行而存在。

除此之外，還有一批人，這批人是被蓄養的精銳，是更高級的存在，但黑衣人不知道文叔養這些人做什麼，只知道這些人能文會武，各自都有擅長的技能。

小樹林那片地牢，之前的確是他們的據點，但因為冬天，地底下很冷，所以他們放棄了那裡，後來遷移到了城北的一棟宅子裡，那裡地方極大，是文叔的宅邸。

這下鍾誠均等人終於確定了文叔在城北宅子的據點！只要有宅子，自然會登記在冊，哪怕是假的，他們也能順藤摸瓜找到不少線索。

孔鴻怕這些黑衣人還有所隱瞞，想起顏末之前拷問嫌犯的手段，決定將黑衣人分開，再仔仔細細問一遍，如果是假的，那他們在言談間一定會有漏洞。

陸鴻飛和朱小谷這次去了大理寺放案卷的地方，想要查找當年巫蠱之禍的案卷，這麼大的事情，一定會有記錄，從案卷上也能找到不少線索。

既然巫蠱之禍在當年突然爆發，那麼是否也曾經過一段時間的積累？如果現在出現的案子，和當年的巫蠱之禍有很大的牽扯，那麼背後之人使用的手段，是否也延續了當年巫蠱之禍的那些手段？

如果能證明現在的案子，在當年巫蠱之禍爆發前也發生過，那麼巫蠱之禍一定有殘留餘黨！這些人還死性不改的想要捲土重來！

「你都查到了什麼?」等大家都下去後，邢老爺子關上門，神色有些嚴肅，他其實一直知道邢陌言在查一些東西，不告訴邢陌言，也不制止，是因為他內心十分糾結，也算是一種逃避吧。

他最怕當年的事情會影響到邢陌言，因為邢陌言一旦知道了當年的真相，怕是會無所顧忌的做出行動，現在邢老爺子選擇說出來，除了如今有案子牽扯到巫蠱之禍外，最大原因還是因為邢陌言有了牽掛。

心中有所牽掛，在衝動行事之前，自然會多有顧慮。

顏末就是邢陌言心中的那份牽掛，所以邢老爺子覺得此時將當年的事情和盤托出，就算邢陌言要做什麼，至少也會掂量一下，顏末之於邢陌言，是道甜蜜的枷鎖。

不過邢老爺子可能還不太瞭解顏末的性格，顏末是那種遇到問題會勇敢面對的人，所以她也許不僅不會成為邢陌言的枷鎖，還會成為邢陌言的助力。

「外公，」邢陌言低垂著眼睛，聲音低沈。「我不是你的親外孫吧?」

這句話說的很平靜，彷彿話家常一樣。

邢老爺子剛聽完這句話時，還有些沒反應過來，等反應過來之後，瞬間就嘆了口氣，神色變了又變，啞聲道:「你連這個都查出來了?」

「當初您帶我回來的時候，我雖然才三歲大，但已經開始記事了。」邢陌言聲音不緊不慢，似乎在訴說著和自己無關緊要的事情。「雖然小時候的記憶很模糊，但我印象中，並不是一出生就在這裡生活。」

「那你從什麼時候開始懷疑的？」邢老爺子開口問道，印象中，他以為邢陌言只是對當年的巫蠱之禍感興趣，才問起他這件事，他一直認為是自己不說，才引起他的好奇，但現在看來並不是這樣。

「我十五歲的時候，有人找到了我。」邢陌言又以平淡的語氣，扔下一記重磅炸彈。

「是當年母親留下的人。」

邢老爺子張張嘴，有些啞聲道：「那些人……」

「當年外公送他們走，沒想過這些人還會回來找我嗎？」邢陌言抬頭看向邢老爺子。

邢老爺子靜默半晌，嘆了口氣。「當年那群人，老的老、小的小，我能說什麼？只是沒想到他們真的還會回來找你。」

「我身邊的小谷就是，還有那三個孩子，也是。」邢陌言開口道。「當年那場事端不可能就那麼過去，誰都不甘心，只是那些老人恐怕也和外公一樣糾結，不想讓小谷他們承擔太多，所以小谷知道得也不多。」

邢老爺子苦笑道：「因為實在沒有辦法，你知道你們若是真的想要一個滿意的結果，所對抗的人到底是誰嗎？這天下，都在皇上手裡，難道你以為憑你們的力量，能對抗了皇上嗎？」

「可我不甘心。」邢陌言低聲道。「他們也不甘心，我母親、小谷他們的家人，難道就白白冤死嗎？」

邢老爺子搖頭嘆息，神色有些苦悶。「你這是差不多都知道了啊。」

「我的親生父親……」邢陌言抬頭看向邢老爺子，比了個朝上的手勢。「是他嗎？」

邢老爺子目光複雜的看著邢陌言，這個他一手帶大的孩子，其聰慧程度每每讓他吃驚，竟然能夠查到這種地步，當年的事情，幾乎被抹得一乾二淨，誰想到還是被邢陌言翻出來了。

既然邢陌言都已經猜到了，邢老爺子也沒有什麼可隱瞞的，只能點了點頭。

得到邢老爺子的肯定，哪怕邢陌言內心深處已經對這個疑問有答案了，此時也不由得露出怔然的表情。

過了會兒，邢陌言乾啞的聲音才重新響起。「外公，我查到的事情也就這麼多，您和我講講當年的情況吧。」

邢老爺子點點頭，這次不再有所隱瞞。

第四十五章

「找到了！」

朱小谷驚喜的聲音突然響起，將一個卷宗拿起來，朝陸鴻飛甩了甩。

他們找的都是巫蠱之禍前後時間的卷宗，而朱小谷手裡的卷宗，其上所記載的案子都發生在巫蠱之禍發生之前，這些案子之所以被記錄在一起，是因為這些案子都是失蹤案，人都無緣無故失蹤了，而且都沒有破案，而在主人失蹤之後，這個家也就散了。

陸鴻飛和朱小谷對視一眼。「當年竟然都是失蹤案。」

朱小谷點頭。「但現在是意外身亡，怎麼感覺手段升級了？」

「也不奇怪。」陸鴻飛垂眸看著卷宗，皺眉道：「當年巫蠱之禍影響巨大，也不知道前期籌備了多久，讓人失蹤，總比讓人意外身亡要簡單許多。」

「不過當年發生的失蹤案這麼多，都沒能發現破綻，現在竟然因為趙才德，而暴露了那群人。」朱小谷冷笑一聲。「還真是命運弄人啊。」

「我們再找一找有沒有其他比較奇怪的案子。」陸鴻飛放下手裡的卷宗，拍拍朱小谷的肩膀。「我覺得當年巫蠱之禍牽扯出來的案子，肯定不止這些。」

朱小谷點點頭，和陸鴻飛繼續翻找起來。

顏末跟著小廝逛了逛邢府，從鬱鬱蔥蔥的花園、亭臺樓閣逛到了邢老爺子說的木料房。

走進木料房，一眼就看到了靠牆擺放的架子，架子上全是已經做好的成品，而中間則是加工木料的地方。

顏末走到架子前，慢慢欣賞架子上的作品，猜想著這上面的東西是邢陌言做的，還是邢老爺子做的。

看了半晌，就發現架子上有一些作品做得並不精緻，好似幼童手工一樣，但能從許多作品中看出手藝的提升，越往後，架子上作品做得越好。

正看著，就聽身後傳來腳步聲。

顏末回過頭，正好和邢陌言對上了視線，下意識就笑了起來，朝邢陌言揮揮手。「陌陌。」

本來是想逗逗邢陌言的，沒想到邢陌言愣怔在原地。

顏末疑惑的歪歪頭，走到邢陌言身邊。「大人，你怎麼……」

話還沒說完，顏末就被邢陌言抱進懷裡。

寬闊的懷抱能將顏末整個人包裹起來，強健的胸膛傳來陣陣心跳聲，彷彿和顏末跳得越發快的心跳聲合了起來。

這突如其來的擁抱，讓顏末都有些懵了。

「大人……」

「怎麼不叫我陌陌了？」邢陌言低聲道。

顏末也沒動彈，小聲開口。「感覺像叫我自己似的。」

邢陌言一聲輕笑，用下巴蹭了蹭顏末的頭髮。「那就叫我陌言吧。」

「嗯——」顏末眨眨眼。「我考慮考慮。」

本來聽完邢老爺子的話，邢陌言的心情不怎麼好，但過來找顏末，見到顏末的笑容之後，心裡的陰霾竟然一掃而空，連邢陌言自己都覺得有些不可思議。

真的是栽了。

兩人抱了會兒，誰都沒開口說話，不約而同的將擁抱的時限延長。

過了會兒，邢陌言才鬆開手，低頭看懷裡的顏末，輕聲道：「妳知道我帶妳來這裡，最主要的目的是什麼吧？」

顏末抿了抿嘴唇。「為了和你外公打聽巫蠱之禍……哎呀，你幹麼打我頭。」

「妳這麼聰明，難道想不明白那只是我的托詞？」邢陌言挑了挑眉。「究竟是為了什麼，我也告訴妳了。」

顏末撇撇嘴。「我不知道，我傻，我一點都不聰明，你又沒說……」

「我喜歡妳。」

顏末突然頓住，臉色驀地紅了。

但邢陌言顯然不想就此停下來。「我喜歡妳，我想和妳在一起，執子之手與子偕老……」

「行了行了。」顏末臉色通紅的伸手捂住邢陌言的嘴，沒有什麼威力的瞪了邢陌言一眼。「不用一直說了，我明白了，我曉得了！」

邢陌言笑起來，伸手拉下顏末的手，握在自己手裡。「還有什麼想聽的？我都能說給妳聽。」

顏末。「你平時不是話很少嗎？」

「對妳，就沒有話少的時候。」邢陌言頓了頓，然後湊近顏末緋紅的耳朵。「除非我行動起來的時候，話才少。」

雖然知道邢陌言可能不是在搞黃色，但是飽受現代黃段子薰陶的顏末，還是不由自主的想偏了。

她有罪，她不純潔！

邢陌言抬起頭，有些驚訝又有些納悶的看著顏末的臉，此時比剛才還要紅好多，不僅耳朵和臉頰紅了，就連脖子也有發紅的趨勢。

這是怎麼了？

雖然沒想到顏末竟然聽他的告白就這麼害羞，但看著眼前連眼角都泛著紅潤水色的人，邢陌言的喉結不由得滾動了一下。

一時間，氣氛莫名變得曖昧滾燙起來。

小廝和丫鬟早就在邢陌言抱住顏末那一刻就退出去了，此時木料房裡只有邢陌言和顏末兩個人。

兩人彼此看了眼對方，又不約而同將視線轉移到了別處，都有些不自在了。

「咳，你們聊完正事了？」顏末率先打破一室的曖昧，起了個話題。

邢陌言點點頭，神色又恢復一些之前的表情，有些怔然。「聊完了。」

顏末心下有些後悔，早知道不提這個話題了。

「事情有些多，我需要時間好好整理一下。」邢陌言拉著顏末的手，眸光幽深，似乎在思索著什麼，大拇指無意識地在顏末白皙的手背上緩緩摩擦著。

就像是一隻小蟲子鑽進了心裡，癢得叫人難以忍受，顏末的視線控制不住往下——這是邢陌言的習慣，每次對方在思索的時候，手指都會無意識敲擊東西，或者拿著什麼東西在手裡把玩。

而現在邢陌言手裡握著她的手，這種感覺……

顏末的臉上本來就透著紅暈，這下更消減不下去，偷偷瞥邢陌言，對方還在思索著什麼，似乎根本沒意識到自己的行為。

「咳——」

顏末忍不住出聲提醒面前的人，結果對方一點反應也沒有。

「咳咳——」

聲音加大，邢陌言終於有所反應，低頭看顏末，聲音磁性。「嗯？」

顏末小聲道：「你要握到什麼時候？」

邢陌言愣了一下，隨即意識到了什麼，嘴角控制不住笑了下，手卻握得更緊。「憑妳的力氣，想掙脫還不容易嗎，放心，我不反抗。」

這話的意思，不就是讓她自己將手抽出來嗎？

顏末氣得瞪了一眼邢陌言，猛地抽出手，轉身就想走，結果沒走幾步，又被邢陌言拉住了手。

邢陌言笑著。「雖然說不反抗，但是沒說不想握著妳的手，妳可以選擇繼續不讓我握著，但我也可以選擇繼續握妳的手。」說完，頓了頓，又繼續補充了一句。「我想握著妳的手。」

顏末的臉一直泛著紅暈，都消不下去。

手掌相握的地方傳來陣陣酥麻的感覺，滾燙發熱，是全身上下最不能忽視的地方，這種熱燙逐漸從手掌蔓延至全身，估計臉上的熱度是無論如何也消不下去了。

見顏末低著頭不說話，邢陌言牽著顏末往前走，來到一個架子前，從最上層拿下一個擺件，遞給顏末。「看看，喜歡嗎？」

顏末只看一眼，臉上便露出驚訝的神色。「這個是……」

手裡是一個擺臺，圓形的木頭平臺上，站著兩個小木偶，一個持槍而立，英姿颯爽，臉上的五官也雕刻得栩栩如生，很明顯就是她的樣貌，另外一個的個頭高一些，長身玉立，就站在顏小木偶旁邊，低頭看著對方，哪怕眼裡的神色無法雕刻出來，仍能讓人感覺到那目光的溫度。

最讓人驚喜的是，兩個小木偶都能從擺臺上拿下來，而且顏小木偶手裡的槍也可以進行拆卸。

這不就是木頭版的公仔嗎！

「是妳。」邢陌言給出肯定的回答。

「大人，你什麼時候製作的？」顏末都忍不住抽出邢陌言手裡握著的手，雙手捧著手裡精緻的小木偶，喜歡得不得了，在自己的小木偶身上摸了摸，又去摸了摸邢小木偶。

邢陌言摸了摸鼻子，眼睛微眯，看著顏末手中的作品，突然有點後悔。「咳咳，真人就在妳面前。」

顏末正滿心滿眼的把玩小木偶，聞言不甚走心的回了一句。「我知道啊。」

「摸這個——」邢陌言戳了戳顏末手裡的小木偶，將自己的手伸到顏末眼前。「還不如摸這個，有溫度，還暖和，自動自如，還能給抱抱、舉高高，功能齊全，喜歡嗎？」

顏末低頭看著伸在自己眼前的手，眨了眨眼，突然噗哧一聲笑了出來，抱緊自己懷裡的小木偶。「好是好，但是有一個很大的問題。」

「什麼問題？」邢陌言笑著問。

顏末抬起頭看邢陌言，慢悠悠回答。「就是有時候自主性太高了，不受我控制，哼，不聽話。」

邢陌言勾起嘴角，聲音前所未有的溫柔，低聲道：「我聽話。」

這個男人……

朱小谷和陸鴻飛查了不少卷宗，所查到的東西越來越多，江月和鍾誠均也從牢房出來到這裡幫忙，彼此之間還互通了些線索。

從上次發現小樹林裡的地牢之後，幾人都心知肚明，這個案子不小了，而且需要儘快查明，誰知道背後之人在醞釀什麼見不得人的陰謀，還好此時被他們發現，如果沒被發現，難保又演變成之前的巫蠱之禍。

邵安炎和邵安行進宮之後，估計會將這裡的發現向皇上稟報，免不了又是一陣動盪。

放下卷宗，鍾誠均嘆了口氣。「陌言什麼時候回來？」

陸鴻飛沒去看鍾誠均，翻著手裡的卷宗，開口問道：「怎麼了？」

「他應該也要進宮吧。」鍾誠均皺眉道。「就算不進宮，以往出現什麼大案子的時候，皇上也會把陌言叫進宮去詳談一番。」

可現在邵安炎和邵安行已經進宮很久了，該說的也都說完了，牽扯到巫蠱之禍，茲事體大，皇上應該比以往任何時候都迫切叫邢陌言進宮商討，可現在卻一點消息也沒有。真是奇了怪了。

陸鴻飛搖搖頭。「先找線索吧，就算進宮和皇上商談，也總得知道些什麼。」

「說不定皇上那裡也能提出一些巫蠱之禍相關的線索呢。」鍾誠均嘀咕道：「當年那場禍事，我們這些人能知道什麼……」

說話間，邢陌言和顏末回來了。

朱小谷立即放下手裡的卷宗迎了上去，臉上的神色不是很好，將他們在這裡的發現，一股腦兒的向邢陌言彙報。

邢陌言說：「我這裡也收穫頗多。」

從邢老爺子那裡知道的事情，讓邢陌言窺見了當年那場巫蠱之禍的真相，真相往往是殘酷的，甚至充滿了黑暗和齷齪，還有讓人噁心的背叛和陷害。

不提和他有關的部分，針對這個案子，邢陌言的確有了意外收穫，那就是當年和巫蠱之禍有關的詳細名單，根據這個名單，他們可以將上面的人逐一排除。

二十多年前，巫醫盛行，尤其在京城這片地方，因為一個巫醫治好了先皇的頑疾，所以很得先皇信賴，那位巫醫利用先皇的權勢將門下發展壯大，而這些都是有預謀的。

所謂巫蠱之禍，是先利用巫醫之術蠱惑百姓，甚至蠱惑朝廷眾臣，然後權傾朝野，一步步蠶食朝中的勢力，逐步將自己的勢力滲透到皇權之中。

當初和巫醫有聯繫的，幾乎囊括了一大半朝中重臣，這些人無一不是位高權重。

當得到的越來越多，受權力和慾望的腐蝕就越深，溝壑不僅填不滿，反而會變得越來越深，慾望越來越多，於是逐漸發展成更深的陰謀。

朝中大臣們，無非想要權力、金錢、地位。

如今在位的皇上，便是當時的太子，也是這群人的首要目標，想要權力和地位，最方便的做法，無非是聯姻，而太子的地位實際上並不穩固，想要讓自己順利登基，背後需要龐大的支持者，而這也需要聯姻。

第四十六章

兩方都以為自己是獵人，但螳螂捕蟬黃雀在後，真正的獵人，是那些巫醫。

這群巫醫想要的，是要顛覆大瀚朝並取而代之！他們認為巫醫一族是高貴血統，如今這天下根本不應該由邵家統治，但因為有和巫醫差不多的醫者存在，人們並非全部信任巫醫。

到底是和平安穩的時候，百姓們就是有點小災小病，平時吃點藥就行了，根本接觸不到高高在上的巫醫，所以這些人認為巫醫想要發展壯大，必須打破現有的環境，這樣人們才能認識到巫醫的重要性。

掌控生死，唯我獨尊。

「這不過是群瘋子罷了。」朱小谷冷笑一聲。「如果不是先皇……」

「小谷，慎言。」陸鴻飛皺眉提醒了一句。

朱小谷抿了抿嘴。「如果沒有人支持，沒有當初那些朝中大臣們，巫醫一族根本不可能搞出那麼慘烈的巫蠱之禍！結果出事了，你推我、我推他，誰都不想擔責任！」

顏末看了看朱小谷臉上憤恨的表情，只覺得朱小谷眼裡的火苗燒得旺盛，情緒反應很激烈。

「當初巫蠱之禍牽連了很多人嗎？」顏末開口問道。

朱小谷看了眼顏末，低下頭，垂著眼睛，手指在卷宗邊沿處摸了摸，低聲道：「何止是牽連很多人，如果只牽連那些參與進去的朝中大臣，這還沒什麼，關鍵是……」

關鍵是有些人發現自己被利用了之後，想要脫身，便構陷其他無辜之人，造成了一樁樁悲劇發生。

邢陌言在他們商談之後進宮了，這一去，直到深夜也沒有回來。

顏末直覺不久後將會有大動盪，因為邢陌言找到了關鍵的線索，但她沒想到這動盪來得如此快。

就在邢陌言第二天回來後的一週內，皇城軍突襲了城北，抓捕了很多人，這些人涉及京城貴族，甚至涉及朝廷重臣。

就跟當年的巫蠱之禍一樣，不過這次這些人沒有機會將自己的禍端嫁禍給別人了。

時過境遷，很多事情都在變，人也在變。

讓顏末想不到的是，這次的事情，竟然同時牽扯到了大皇子和二皇子，確切的說，應該是支持大皇子和二皇子的一部分人，而這一部分人，還只是冰山一角。

這段日子，邢陌言忙瘋了，幾乎每天都看不到人影，顏末和其他人明明也跟著負責這個案子，但自從上次邢陌言從宮裡回來之後，就不讓他們插手了，事實上，他們也完全插不上手。

因為這次牽扯的人實在太廣，從淤泥裡拔出根沒有那麼容易，好在，這次邢陌言身後有皇上。

顏末隱約感覺到不對，朱小谷的情緒很緊繃，鍾誠均和陸鴻飛每天臉色也是十分嚴肅的跟著邢陌言處理事情，好幾天都不見人影，江月來大理寺的次數越來越少，不是她不想來，而是沒辦法來。

大理寺緊繃的氣氛，誰都能感受得到，這個時候，江月不方便來大理寺，於是來的次數便減少了。

邵安炎來過大理寺一次，但沒見到邢陌言，由顏末和朱小谷招待這位大皇子，當天大皇子邵安炎的臉色並不好，坐在椅子上，端著茶杯，低眸沈思，不知道在想些什麼，之後便放下杯子，頭也不回的離開了。

等邵安炎離開之後，顏末才發現邢陌言根本不是沒空見邵安炎，而是故意不見邵安炎。邵安行沒來過大理寺，但也向邢陌言示好過，只不過全讓邢陌言避開了。

這樣緊張的氣氛，一直持續了半個月，等抓捕了一批人之後，凝重的氣氛才漸漸消減下去。

這天晚上，顏末的窗戶被敲響，顏末似有所覺，立即從床上起身，披上外衣，推開門走了出去。

門外是邢陌言。

「還沒睡？」邢陌言笑著看顏末，輕輕舒了口氣。

顏末道：「大人要是覺得我睡了，就不該敲窗戶，深更半夜敲人家窗戶，這種行為可不好。」

邢陌言走到顏末近處，伸手將披在顏末肩膀上的衣服攏了攏，低聲道：「可是我想妳了怎麼辦？」

顏末挑眉。「這段時間這麼忙，還有空想我？」

「有空。」邢陌言勾起唇，拉住顏末的手。「還好能想著妳，不然我真的不知道怎麼繼續下去。」

「嗯？」顏末皺著眉，襯著月色仔細看邢陌言的臉，才發現邢陌言的臉色有些憔悴。今晚月色很美，邢陌言拉著顏末坐到房頂上，風溫柔的吹著，兩人都靜靜的沒有說話。半晌，邢陌言開口道：「想知道那天我和外公都談了什麼嗎？」

顏末歪頭看邢陌言。「可以說了？」

「可以。」邢陌言感嘆了一聲，對於顏末的等待和此時此刻的反應，心中有股說不出的暖流。「難為妳等我這麼久。」

「因為那天你到木料房找我的時候，臉色很不好看。」顏末回答道。

怎麼說呢，那天邢陌言的臉色，是顏末有生以來見到過最複雜的表情，以往邢陌言都是喜怒不形於色，在熟識的人面前，可能還會露出不一樣的神色，但是那天一路走來，旁邊那麼多下人，邢陌言卻都沒能掩蓋住自己的神色，可見和邢老爺子聊完之後，對他的衝擊有多大。

邢陌言苦笑了一下。「很多事情，雖然我早就查到、早就猜到、早有心理準備，但經由外公補充和肯定之後，對我來說仍是一分難以接受的衝擊。」

「究竟是什麼事情？」顏末反握住邢陌言的手。「也許我不能幫你分擔，但可以成為你的傾聽者。」

邢陌言將下巴輕輕靠在顏末的側臉旁，輕聲道：「妳聽我說，就是幫我分擔了。」

「那你告訴我吧，我想幫你分擔。」

邢陌言輕笑了幾聲，才開口道：「我娘不是外公的女兒。」

「啊？」顏末傻眼了，一來就是如此震撼的消息，讓顏末都不知道怎麼反應，看著邢陌言的目光中帶著擔心。

「其實我早就知道了。」邢陌言摸了摸顏末的頭。「放心。」

顏末點點頭，稍微鬆了口氣。

「我娘是巫蠱之禍中被賜死的皇貴妃，姓萬。」

那口氣還沒鬆徹底，立即又提了起來，顏末倒抽口氣，仍然扭頭看向邢陌言，結果扭狠了，嘴唇竟然擦上了邢陌言的嘴唇。

兩人同時怔住，看著彼此。

顏末臉紅著想要後退，卻被邢陌言攬住了後背，隨即就見邢陌言壓下來，壓實了。

「……」

顏末沒想拒絕，也沒想反抗，但是……也不用這麼久吧！

正事！還有正事要談呢！你扔了個驚天巨雷，就不管了?!

實在忍不了了，顏末伸拳頭捶人。

「咳——」

邢陌言捂著胸口，頗為無言的看著顏末。「大好月色……」

顏末羞赧地一把扯住邢陌言的臉——如今臉紅了，膽子也大了，畢竟被占了便宜。

「說正事！」

邢陌言只能寵溺著點頭，拉下顏末的手，放在自己手裡，但想想，到底還是不甘心。

「下次什麼時候？」

「什麼下次？」顏末眯起眼。

「妳親都親了。」邢陌言看著顏末。「主動親人，要負責任。」

顏末深吸一口氣。「我負你個大頭鬼！」

「不接受大頭鬼，只接受小嬌妻。」

是可忍孰不可忍，顏末再次深吸一口氣，一頭撞進邢陌言懷裡。「大人，好奇心害死貓啊，求求你，別逗我了，快告訴我怎麼回事。」

這撒嬌撒得……輪到邢陌言深深吸氣了，實在沒想到大力顏小末還會來這招，大意了。

「我娘是皇貴妃，妳覺得我是什麼身分？」邢陌言只能讓自己深吸一口氣，鎮定下來回到正題。

顏末從邢陌言懷裡抬起頭，有些緊張的看著對方。「你是皇子？」

邢陌言笑了笑，沒有否認。

「那皇上……」顏末皺著眉，這到底是怎麼回事？當年究竟發生了什麼事，為什麼堂堂皇子會成為如今大理寺卿，還被當朝太傅撫養？

其實故事說起來，並不是那麼複雜，只是很殘忍、殘酷罷了。

邢陌言的母親叫萬青霖，不是什麼大門大戶的小姐，更別提是權貴之女了，她不過是個醫者仁心的普通人，醫術好，人美心善，然後救了還是太子的當今皇上。

沒有各種利益糾葛，單純的感情最讓人心動，更何況萬青霖還救了當今皇上的命，那年正值青年的皇上，還未體驗過感情的美妙滋味，一朝體驗，便欲罷不能。

他無疑是愛萬青霖的，力排眾議，將萬青霖捧上了皇貴妃的位置，一個民女，哪怕救了太子，又如何能成為皇貴妃，這份殊榮，不過全在於皇上的愛罷了。

巫醫在先皇時期興盛，先皇退位，皇上登基，這其中要說沒有巫醫的幫助，那是不可能的事情，當時為了拿到皇位，少不得要和各種利益牽扯，以及幾場聯姻，都是必不可少的事情。

但皇上對萬青霖的愛，從來不加掩飾。

一個沒有後臺的女人，只有帝王寵愛，那不是殊榮，那是把利劍，加上萬青霖是醫者，發現巫醫之禍，便開始勸說皇上，皇上也有心削減巫醫一族的勢力，便想要順勢而為。

但這其中龐雜的關係網，又豈是輕易就能削減的。

皇上以為自己重權在握，與巫醫結黨的大臣們以為能得到想要的權勢和地位，但誰都沒想到巫醫一族想要的從來不只是權勢，也不是真心想要幫扶和他們結黨的大臣，他們要顛覆皇權，要讓這個天下大亂。

等巫蠱之禍爆發之後，因為牽連甚廣，加上皇上根基不穩，根本無法處理那些大臣，更何況，這些大臣要的無非是權勢，並非對皇家有異心，且在發現不對後，立即紛紛站到皇上這邊，共同抵抗巫蠱之禍，所以皇上迫於無奈，只能被迫給這些人一次機會。

但死罪可免，活罪難逃，皇上終究要將權勢收回自己手裡。

但巫蠱之禍讓皇上分身乏術，這些朝之重臣，為了推卸自己的罪責，聯合後宮嫁出去的女兒，構陷了包括萬青霖在內的很多人。

萬青霖首當其衝，為了自救，也為了救人，奮起反抗。但這些替死鬼，自然都是經過他們精挑細選，好在打壓構陷的時候，完全沒有後顧之憂。

所以無論萬青霖如何反抗，哪怕有皇上在背後支撐，和巫蠱之禍勾結的罪證，也全部壓在了他們頭上。

那是一段黑暗的歲月，無論對誰，皇上手中的權力都不夠，後宮混亂，巫蠱之禍讓民怨沸騰，大臣們握著手中的權力，暗自威逼利誘，使得皇上一步步後退，直至妥協。

「皇上根基不穩，為了儘快平息巫蠱之禍，只能妥協，將罪責安在無辜之人的頭上，但他暗地裡還是把我娘送了出來，放在太傅身邊，偷天換日，誰也想不到我就在他們眼皮子底下活著。」邢陌言冷笑一聲。「我娘得寵，但卻是一個毫無背景的平民女子，那些人怎麼可能容忍我娘混淆皇室血脈，加上他們的女兒還在後宮，我的存在，是他們女兒登上后位的絆腳石。」

顏末握著邢陌言的手，臉上震驚的表情不加掩飾。「當年皇上就如此憋屈嗎？」

「呵，這只不過是他的一面之詞罷了。」邢陌言眼中的冷光在說到這裡的時候，更顯駭人。「剛剛那番話，是半個月前進宮時，皇上告訴我的。」

顏末看著邢陌言。「你的意思是，當初在皇權與愛情之間，皇上選擇了皇權。」

第四十七章

「他對我娘也許有情，但抵不過滔天權勢。」邢陌言低聲道。「當年和巫蠱之禍有牽扯的那些人，不還活得好好的嗎？只要不覬覦皇位，對皇上來說，他們不過就是被利用被欺騙了而已，簡簡單單一句原諒，就換來這些人無條件的支持，換來穩固的皇位，這不是很划算的買賣嗎？」

顏末心裡一緊，這怎麼划算了，其中付出的不僅僅是一句原諒，還有一個女人和一個孩子的性命，還有那些無辜之人的性命！

對皇上而言，萬青霖和邢陌言的性命得以保全就行了，難道那些成為替罪羊的無辜者，就真的死不足惜嗎?!

禮部，戶部，這兩個部門牽扯的人數最廣，從邢陌言嘴裡說出來的那些人，顏末聽都沒聽說過。

「大人，你找到文叔了？」顏末揪著邢陌言的衣服，迫不及待開口。「你到底怎麼破案的？又是如何確定這些人有罪？證據呢？」

一連多日，顏末雖然不好去打擾邢陌言，但是對案件的進展真的抓心撓肺的想知道，因為案子不上不下，她也不知道後續進展如何，真的很糾結。

所以趁著現在邢陌言終於有空，顏末立即提出心裡的疑惑。

其實她更想問，為什麼邢陌言後來不讓他們插手這件事，但看現在關押處理了那麼多人，恐怕這案子進展到後期階段，也不是他們能處理的事情。

「其實這個案子能破，還多虧了皇上。」邢陌言輕嘆了口氣。「妳也知道，當年皇上就已經掌握了大臣和巫蠱之禍勾結的名單，只不過為了手中的權勢，才放過他們，但人總是貪心的，嘗過了權力金錢的滋味，怎麼可能甘心放棄，於是又有一群人利用當年巫醫的手段，試圖謀財謀權。」

「但他們不知道皇上還留著那份名單？」顏末猜測道。

邢陌言冷笑一聲。「帝王多猜疑，哪怕當年皇上當著那些人的面，把名單撕毀了，可誰能保證他自己沒有私下保留一份名單。」

顏末張了張嘴，實在想說這個皇帝當得還真夠狡猾。

不過也實屬正常，皇上乃九五之尊，天下之主，自然想要將一切都掌控在自己手裡，更何況那個時候皇上的根基不穩，說撕了名單，也不過是為了安撫大臣們的權宜之計。

「知道這件事情和當年的巫蠱之禍脫不了干係之後，我就明白，光憑大理寺的力量，不可能將背後的勢力連根拔起，所以我才進宮去找皇上。」邢陌言將下巴抵在顏末的肩膀上，低聲道：「我和他攤牌了。」

「攤牌？」顏末歪歪頭。「你是說，你告訴皇上，當年的事情，你全都知道了？」

「沒錯，包括我是他兒子的事情。」邢陌言垂下眼眸。「這些年他對我有愧，對我的好，根本不像是一個皇上欣賞臣子的好，我早就懷疑了，估計他也沒想多加掩飾，所以乾脆就攤牌了。」

「那你之後……」顏末緊了緊拳頭，抵在膝蓋上，有些緊張。「之後要怎麼辦？」

「他想恢復我的皇子身分。」

邢陌言的語氣輕得可以，但顏末還是聽到了，聽完之後，不知道該說什麼好。

「他說想補償我。」

顏末轉了個身，和邢陌言面對面，伸手抱住了邢陌言，手掌輕拍邢陌言後背。

「這是怎麼？」邢陌言笑著開口，語氣有些詫異。

「你一定很生氣吧。」顏末抱著邢陌言，低聲道：「抱抱你，心疼你。」

說完這句話，立即被狠狠的擁抱住了，顏末被禁錮在邢陌言懷裡，能感受到邢陌言情緒的波動。

當年為了穩固自己的皇位，能放棄心愛的女人和兒子，打著補償的名義，卻對當年的事情絕口不提，這對邢陌言不公平，對當年無辜死去的人更不公平。

難怪邢老爺子不想告訴邢陌言，難怪那麼多人對巫蠱之禍諱莫如深。

只要有皇上在，只要皇上不承認自己的錯誤，不平反當年的冤案，那些人就有恃無恐。

「如果這次的案子沒有牽扯到當年的巫蠱之禍，誰知道他還要瞞到什麼時候，如今發難，也不過是因為這次的案子正好能讓他藉此剷除一些人。」邢陌言語氣裡全是森寒之意。「正好處理掉一些和當年巫蠱之禍有牽扯的人，不僅能震懾當年倖存下來的人，也能減少當年知道他掩蓋事實真相的人。

「妳知道涉及這次案子的人都是怎麼找出來的嗎？呵，多虧了皇上的暗衛，那天晚上，我不過是把找到的線索全部提交上去，他的暗衛就行動起來，效率驚人，那些人還來不及喊冤就直接被處理了。」

顏末聽著心寒。「為什麼聽起來皇上早有準備似的？」

「他的確早有準備，暗衛早就埋著線，只等著有人將事情揭露出來，哪怕只是一點線索也足夠了，畢竟他當年承諾過的事情，總不能做個出爾反爾的人。」在顏末看不見的地方，邢陌言拳頭緊緊握著。

顏末從邢陌言懷裡直起身。「所以大理寺這次是給皇上背鍋了？」

「背鍋？」邢陌言細細品味這個詞，嗤笑一聲。「可不就是給他背鍋了，當年被迫保下那些大臣，想必對皇上來說，總歸是他心裡的一根刺，所以這麼多年，皇上一直在暗地裡埋著線，靜等爆發。」

顏末實在不知道說什麼好了，皇上當年是為了穩固自己的地位，從而保下了和巫醫有牽扯的大臣，但誰能想到這位皇上暗地裡還留了一手，真叫人防不勝防。

伴君如伴虎，帝王之心難揣測，這話說得還真有道理。

「對了，大皇子過來找你，是因為皇上鐵了心要處理人，這件事沒有迴旋的餘地，所以想來找你說說情嗎？」顏末微微皺起眉。「恐怕二皇子那邊也想平息這次的事情吧，但你不好處理，所以才避而不見？」

「嗯，自我和皇上那次見面之後，這個案子的主動權就不在我手裡了。」邢陌言將顏末的手握在自己手裡，垂眸看著顏末。「而且邵安炎也該知道了我的身世。」

顏末張張嘴，突然有些緊張。「那他有什麼想法嗎？你想怎麼辦？」

如果按年齡來說，邢陌言才是大皇子。

邢陌言搖搖頭。「我不知道他的想法，我們還沒見過面，至於我……」邢陌言看著顏末。「妳希望我恢復皇子身分嗎？」

顏末眨眨眼。「我？」

邢陌言笑了笑，伸手將顏末耳邊的頭髮塞到耳後，隨即捏了捏顏末的耳朵。「如果我恢復皇子身分，那妳就是……唔……」

顏末伸手捂住邢陌言的嘴，瞪了邢陌言一眼。「八字還沒一撇的事情，不要亂說。」

邢陌言扯下顏末的手，瞇著眼不滿道：「怎麼沒有一撇，妳剛才親我了。」

顏末無言的看了邢陌言一眼，低聲道：「我覺得你不想當。」

「為什麼？」邢陌言失笑，伸手摸了摸顏末的臉頰。「恢復皇子身分，總比當一個大理寺卿好吧。」

「你不會甘心。」顏末看著邢陌言，語氣溫和篤定，眼神裡是對邢陌言的心疼。

邢陌言手指一頓，臉上的笑意掩了下去，眼睛的顏色越加深邃，認真盯著顏末，良久，低聲道：「我可以吻妳嗎？」

顏末啊了一聲，臉上瞬間泛起了紅暈。「那我能說不可以嗎？」

「不行。」邢陌言低頭，湊近顏末，壓低的聲音掩沒在兩人交接的唇齒間。「不要拒絕我。」

自從那天晚上和邢陌言交心之後，知道了邢陌言不少事情，兩人的感情突飛猛進。陷入了戀愛的人，走到哪裡都冒著粉紅泡泡，於是大理寺的人，也都知道了兩人的關係，反正邢陌言也沒想遮掩他和顏末的關係，於是大理寺卿和一個小捕快相愛的事情，傳得飛快。

邢陌言就算不近女色，那也是眾多京城貴女們愛慕的對象，且能力出眾，加上潔身自好，更受到一大批貴女們的追捧，這樣一個男人，拒女人於千里之外，如果能得到邢陌言的青睞，哪怕得到邢陌言的一句讚賞，那也是分外有面子的事情。

所以哪怕邢陌言不好接近，眾多京城貴女也以能和邢陌言走近為榮，雖然每每還沒靠近，就被邢陌言周身的冷氣逼退，但這越發激起了京城貴女們的鬥志。

然而，還沒等傳出邢陌言和誰走得近，竟然就傳出邢陌言有了心上人？而且心上人還是個名不見經傳的小捕快，這叫人如何能接受，一時間，還以為這消息是謠傳。

一個平民女子，被邢陌言看上的可能性微乎其微，絕對不可能！邢陌言是什麼人，那可是連丞相之女都看不上的男人！

還記得去年中秋的時候，丞相之女魏婉兒在中秋之宴上向邢陌言示好，結果邢陌言全程冷臉，態度不鹹不淡，根本對魏婉兒不假辭色，讓魏婉兒氣了半月有餘。

不說魏婉兒的身分地位，就說魏婉兒那京城第一美女的相貌，也足夠眾多男人趨之若鶩，結果邢陌言竟然一點也看不上人家，所以那天中秋之宴，邢陌言的表現讓魏婉兒挫敗得很。

但人吧，就是得不到的總惦記，不管對男人還是對女人來說都一樣。

所以那次中秋之宴過後，魏婉兒雖然氣了邢陌言半個多月，但不得不承認，她還是喜歡邢陌言，只不過平日裡邢陌言事務繁忙，她一個女兒家，也不好總追著邢陌言。

要不是和江月的關係不怎麼好，魏婉兒都想透過江月去接近邢陌言了。

正憋著勁地想和邢陌言交好，甚至讓邢陌言拜倒在自己的石榴裙下，結果就聽見了邢陌言有了心上人的傳言，起先，魏婉兒對此嗤之以鼻，根本不相信傳言是真的。

但最近，傳言越演越烈，甚至有人說看到邢陌言帶著心上人去查案逛街，就連江月都肯定了這件事，於是魏婉兒開始坐不住了，專門派人去打聽這件事情的真偽。

結果一打聽，邢陌言身邊果然出現了一個女人。

知道消息的時候，魏婉兒手裡的茶碗都摔在了地上。

「茶話會？」顏末驚訝的看著江月。「誰啊？為什麼要請我？我好像不是妳們圈子裡的人吧。」

「哎哎，什麼叫我們圈子。」江月撇撇嘴。「我和那幫人才不是一個圈子的，當初背地裡嘲笑我學驗屍的，就是那幫人。」

「行行，我說錯了。」顏末立即認錯。「不過到底為什麼她們要請我去茶話會？」

「誰知道？」江月聳聳肩。「不過我有個猜想，可能是因為邢大人。」

「陌言？」顏末歪頭，更有些不解。

「哦呦，都叫上陌言了啊。」江月拉長聲音，調笑著看顏末。

顏末伸手一捏江月臉頰，不僅不害羞，還有些得意。「不僅叫上陌言了，我還知道他的小名。」

江月眼睛一亮，連忙扒著顏末的胳膊。「邢大人的小名？快快，快告訴我！」

「那我能告訴妳嘛。」顏末白了江月一眼。「妳願意把鍾大人的小名告訴我？」

「那絕對不行。」江月乾脆拒絕道。「這是我們兩個的小情趣。」

顏末一聳肩。「這不就是了。」

江月哼了一聲。

「對了，趕緊告訴我，為什麼她們邀請我參加茶話會，和陌言有關。」顏末將話題拉回來問道。

江月嘖嘖兩聲，伸手拍拍顏末的肩膀。「我說末末啊，妳是真不知道咱們邢大人到底有多受歡迎啊。」

顏末瞇了瞇眼睛。「難道這次茶話會，來者不善？」

第四十八章

「嗯哼。」江月抱著手臂。「除了我之外，京城這些貴女們，大多眼高於頂，妳覺得她們邀請妳參加茶話會是為了什麼？」

顏末點點頭。「我一沒身分，二沒才情，三沒美貌，最近最拿得出手的，估計就是和陌言在一起的事情了，所以她們是想借茶話會看看究竟是哪個狐狸精勾走了陌言？」

一邊說著，顏末一邊摸了摸自己的臉。「也可能是想看看邢陌言究竟眼瞎到什麼程度，看上了一個什麼樣的女人？」

「噗——」江月笑得花枝亂顫。「末末，不至於這麼說自己，妳要不要這麼逗啊。」

顏末聳聳肩。「既然來者不善，那我得好好準備準備。」

江月眼睛一亮。「妳打算怎麼準備？」

「準備什麼？」

不等顏末回答，外面突然傳來邢陌言的聲音。

顏末和江月抬頭看去，就見鍾誠均和邢陌言走進了院子裡。

看到邢陌言，顏末一下子就笑開了，朝來人招招手，又拍了拍自己身邊的位置。「快來坐。」

鍾誠均嘖了一聲，偏頭看邢陌言。「你家顏小末還真是不矜持。」

「說得好像你家那位矜持一樣。」邢陌言瞥了鍾誠均一眼，隨即快步走向顏末。

鍾誠均看向江月，就見江月伸出兩隻手擺啊擺。「誠均哥哥～～來啊～～」

嘴角忍不住掛上笑意，鍾誠均拍拍胸口，心想，我家月月果然超級無敵可愛。

「你們在聊什麼？」邢陌言坐在顏末身邊，伸手拉著顏末的一隻手把玩，動作流暢自然。

江月和鍾誠均對視一眼，怕落後似的，也把自己的手塞進了鍾誠均手裡，示意：你玩！

鍾誠均感覺就很美滋滋，心想以後要多跟著陌言走動走動。

顏末將江月剛才和她說的事情，簡單說了一下，然後朝邢陌言挑了挑眉。「都是因為你。」

邢陌言笑道：「那妳要不要去參加？」

「那必須去。」顏末揚了揚下巴。「去宣告主權。」

「哇——」

「哦——」

江月和鍾誠均帶著讚嘆的眼神看著顏末。

「那句話怎麼說來著？」江月笑嘻嘻開口。「我家末末就是這麼強。」

顏末笑了笑，亮晶晶的眼睛看著邢陌言。「大人以為如何？」

「甚好。」邢陌言笑著捏了捏顏末的手。「我相信妳能成功。」

「嗯哼。」

茶話會在丞相府舉辦，發起者是魏婉兒，接到茶話會邀請，得知顏末也在被邀請之列，所有人都猜得到魏婉兒想要幹什麼，不管出於什麼目的，對於這次茶話會，大家興致都頗高。

顏末說好好準備可不是說說那麼簡單，在江月告訴她之後，就拉著江月開始挑衣服，連自己的小金庫和小皮箱都搬出來了。

小金庫裡有攢了許久的錢，用來買衣服，小皮箱裡有現代高精端的化妝品和化妝工具，比起大瀚朝的化妝品來說，優質得簡直不是一星半點，更何況顏末的化妝技術還是加成過的，展現出自己最好的一面，絕對不是問題。

相較起上次女裝的偽裝，這次顏末只要將自己的特色突顯出來就好，她已經不用做任何偽裝了。

雖然不是小家碧玉的類型，但顏末屬於那種英姿颯爽、線條明豔動人的類型，眼睛大，睫毛長，鼻粱高挺，因為長期運動，身上有大瀚朝女人沒有的那股幹練果斷的氣質，且身形挺拔，還有馬甲線——雖然無法露出來，但整個人的氣質形象就和大多數女人不同，畢竟除了江月之外，顏末還真沒見過京城哪位貴女經常出來走動。

單單就自身體型這一塊，顏末就有足夠的自信，更何況她的警花稱號可不是白來的，警隊掃黃組需要人去釣魚，可沒少求到她這裡來，武力強顏值高，還能吸引男人，簡直是掃黃一大利器。

顏末從來不是逃避問題的人，既然有人想要品評她，那自然要有吞下憋屈的準備，她可不是隨便任人品評打量的。

茶話會當天，江月一早就過來找顏末，興奮得跟什麼似的，好像要上場打仗一樣，搓著手跟在顏末身邊，看著她做準備。

「末末，一定要殺殺那群女人的銳氣，不然她們鐵定給妳下馬威嘗嘗。」江月皺皺鼻子。「天天正事不幹，總搞這些用不著的爛情爛調，實在無聊得很。」

「放心，我都準備好了。」顏末比了個OK的手勢。

江月一邊跟著學比手勢，一邊開口。「對了，我上次跟妳說，她們覺得妳就是個小捕快，可能什麼都不會，應該會找由頭讓妳出醜。」

顏末挑眉哼了一聲。「這我也早有準備，放心吧。」

「那就好。」江月握起拳頭。「末末加油。」

魏婉兒特地在丞相府擺弄出一個茶話會的庭院，單單就這一個庭院，都比顏末在現代看到的任何一處別墅莊園都要大得多，也就蘇州園林能比得上吧，可惜她也沒去過蘇州園林。

真是有錢人啊，不僅有錢，還有權，更重要的是——顏末在江月的帶領下，見到所謂的京城第一美女，果不其然，容貌出色，一身水藍色絨緞紗繡裙，袖襬銀線勾勒出繁瑣的花紋，顯得高貴而典雅，露出的一截白皙手腕上，戴著祖母綠的鐲子，耳朵和脖頸是配套的首飾。

「嘖嘖，這是要給妳一個下馬威啊，末末，瞧這盛裝出席的架勢。」江月看到魏婉兒的裝扮，湊到顏末耳邊小聲調侃了一句。「小心哦。」

在顏末和江月看著魏婉兒的時候，魏婉兒也在打量著顏末，越打量，神色越帶著不屑。

哪怕沒見過顏末，但對方跟在江月身邊也非常好認，還以為是什麼樣的人，能得到邢陌言的青睞，結果就是個普通得不能再普通的女人。

那身紅衣樣式雖然好看，但一眼就瞧出價錢不高，不過是次等貨罷了，除此之外，身上也沒有任何首飾，髮髻更是簡單綰了綰，簡直平凡得可以。

只這一眼打量，魏婉兒就在心裡給顏末下了定義，這樣一個普通的女人，果然那些傳言是假的吧，邢陌言瞎了才會看上這麼一個平凡無奇的女人。

不僅魏婉兒這樣想，其他暗地裡打量的貴女也這樣想。

瞬間覺得沒意思了，搞出一個茶話會，還以為會面對什麼樣的女人呢。

「哎呀，她什麼眼神？」江月氣得捏住顏末的手。「末末，她是不是瞧不起我們呢？」

「很顯然。」顏末點點頭。「是。」

「我們才剛來！」江月壓低聲音喊道，神色有些猙獰。顏末扯了扯江月的臉。「確切的說，是瞧不起我，不氣不氣，我還沒生氣呢。」

哄著江月的空檔，就有丫鬟過來，說要帶顏末和江月落坐。

本著給顏末下馬威的打算，魏婉兒給顏末和江月安排的座位在庭院最靠前的位置。

兩人走近了才發現，前面竟然還坐著幾位熟人，邵安炎和邵安行就不多介紹了，還有幾個男的，看樣子，身分地位都不低，而且光從外表看，一個個也是儀表不凡。

看到江月帶著顏末走過來，邵安炎還有些驚訝，臉上的表情明晃晃的寫著——妳怎麼也來了？

看來這個茶話會果然不是她這樣身分的人能參加的。

茶話會上有了新面孔，自然要介紹一番，身為舉辦這次茶話會的主人，魏婉兒姿態優雅的走到正中間，正式介紹了顏末，重點放在了顏末是大理寺捕快的身分。

「哦，就是最近傳的那個女扮男裝、混進大理寺的女捕快啊。」在魏婉兒話落之後，一位貴女立即帶著打量的眼神，將顏末上上下下掃了一遍，噗哧一聲捂著嘴笑起來。「果然像個男人，難怪把邢大人都騙過去了。」

「喂，不懂不要亂說，末末現在哪裡像男人了？」江月一拍桌子，直接嗆道：「知不知道末末男妝的時候是什麼樣子，就算你們現在看的是末末女裝，等末末畫男妝的時候，我怕你們都認不出來。」

「哦，是嗎？」邵安炎身邊的一個男子開口道：「真有那麼神奇？話說我在聽到這個消息的時候，還一度很驚訝，邢陌言竟然連身邊人是男是女都沒發現，難道真是這位姑娘的易容手段很高明嗎？」

「阮少爺，您跟在大皇子身邊，也見過不少奇人異事吧，真有那麼高明的易容術嗎？」剛剛才開口說顏末的女人，此時聽到大皇子身邊的人貌似對顏末的女扮男裝感興趣，立即將話題引了過來，不想給顏末回答的機會。

江月趁兩人交談之際，小聲給顏末惡補兩個人的身分，說話的女人是魏婉兒的表妹，叫劉青玉，父親是朝中五品大臣，劉青玉口中的阮少爺，叫阮林，是邵安炎的伴讀，父親在兵部任職，是個四品官。

「既然大家都對易容術這麼好奇，那不如我們請顏姑娘當場表演一下怎麼樣？」

顏末抬眼看向說話的魏婉兒，就見魏婉兒也笑著看她。

「顏姑娘，妳覺得如何呢？」魏婉兒俏皮的眨了眨眼睛。「不僅阮少爺好奇，我們也很好奇呢，沒想到顏姑娘竟然還會江湖人的手藝，難怪會在大理寺當差。」

邵安炎給自己倒了杯茶，低頭喝茶的時候，掃了顏末一眼，有心想為顏末說句話，但還是按捺下去了。

所有人都看著顏末，眼裡或感興趣，或嘲諷，或不屑。

都在看熱鬧，所以邵安炎絕不允許自己在這個時候幫顏末說話。

江月皺了皺眉頭，魏婉兒這話說的，明面上是好奇，其實就是想看顏末熱鬧，當眾讓顏末表演易容術，當顏末是什麼？被請來的江湖手藝人嗎？這不擺明了將顏末放在低她們好幾等的位置上嗎？

正當江月想幫顏末說話的時候，被顏末按住了手背。

顏末給了江月一個稍安勿躁的眼神，隨即笑著看向魏婉兒。「說易容術太抬舉我了，我只是化妝技術好而已。」

說完，顏末又看向阮林。「阮少爺對我怎麼騙了邢大人好奇嗎？」

「沒錯。」阮林笑著點點頭。「我挺好奇妳是怎麼將自己變成了另外一個人的。」

顏末搖了搖頭。「並不是變成了另外一個人。」

「哦？」

顏末笑了笑。「我需要一個模特，嗯，也就是需要一個人來讓我化妝。」

阮林問：「妳需要什麼樣的人？想必在場的大家都很樂意幫忙。」

「就阮公子如何？」顏末挑眉問道。

「什麼？」阮林張大嘴，一臉驚訝。「我？難道妳要把我化妝成女人？」

其他人也紛紛露出驚訝的表情，不過顏末這話，倒挑起了他們幾分興趣。

顏末搖搖頭。「並不是化妝成女人，我說了，我的化妝術並不是將一個人變成另外一個人，人的骨相沒辦法改變，但是在骨相的基礎上，可以有很多種加工方式。」

林。

「阮林，既然你好奇，那就親身上陣試試啊，怎麼，不敢啊？」邵安行調笑著看向阮林。

阮林笑了笑，站起來。「二殿下說笑了，不過是化妝而已，我有什麼不敢的。」說完，他看向顏末。「顏姑娘，妳想我怎麼做？」

「聽話就行了。」

不就是當眾化妝嗎，來之前，顏末預想對方的手段，肯定就有這一項，所以早就準備好如何應對了。

搬了個凳子放在眾人中間，請阮林坐上去之後，顏末拿出了自己帶來的腰包，裡面特意放了現代的化妝工具——想看她的笑話，也要有笑話看才行，她特意拿的專業化妝工具，可不是讓人看笑話來的。

第四十九章

「這是什麼？」看顏末拿出一個手指長的細長條，在自己眉間比劃，阮林忍不住開口問了句。

顏末低頭看了阮林一眼。「阮少爺，放心，這會讓你變得更加帥氣，不會傷到你。」

「咳，我並沒有擔心，只是好奇。」

顏末笑笑，沒有回答，轉而專心致志給阮林化妝，在現代執行任務的時候，她也沒少給男同事化妝，不管是往醜了畫，還是往帥了畫，那可都是身經百戰了，經驗十足。

阮林長相陽光帥氣，還有種韓範的感覺，所以顏末打算精修阮林的臉，將他往小鮮肉的樣貌上打扮，雖然說本人已經很帥，但各處都精修之後，哪怕容貌沒變，整個人的氣質形象都讓人覺得煥然一新。

本以為顏末要花很長時間才將阮林裝扮好，結果才不到一盞茶的工夫。

「好了。」顏末挪開身體，讓精修完妝容的阮林暴露在所有人面前。「大家可以看看效果如何，雖然人還是這個人，但是不是感覺變了個樣？」

這是在眾目睽睽之下的變化，所有人都驚訝的看著阮林，一時間都沒人說話。

「怎麼不說話？」阮林摸了摸自己的臉，他一點沒感覺自己臉上有什麼變化，不過是眉毛剃了一點。「不會很醜吧？」

顏末搖搖頭。「阮公子可以照鏡子看看。」

阮林連忙招呼丫鬟拿鏡子過來，早就備好鏡子等在一旁的丫鬟立即上前，將鏡子遞給阮林的時候，還紅了紅臉。

阮林接過鏡子，覺得有些放心了，舉起鏡子看到裡面的自己，瞬間沒了聲音，這哪裡是放心，簡直是驚嘆。「這……這是我嗎？」

比起之前的樣貌，現在更加耀眼——這是所有人的想法，如果之前阮林的樣貌可以打七分，現在則是九分。

不少貴女們紅了臉，聚在一起竊竊私語，偷偷往阮林那邊看。

邵安行嘖了一聲。「阮林，沒想到你小子還能這麼好看。」

「這就是顏姑娘的化妝術嗎？果然很神奇。」邵安炎笑著看顏末。「既然能讓男人都變得好看，那是不是也能讓女人變得更好看？我記得之前顏姑娘在望香樓的妝容就很令人驚豔。」

顏末摸了摸鼻子。「那次的妝更偏向易容吧，主要是想遮掩自己臉上的特點。」

「我……我想嘗試一下，可以嗎？」

這時一個有些怯懦的聲音響起，顏末偏頭看過去，發現靠後坐著的一位小姐，這位小姐臉上有許多雀斑，顏末來的時候觀察過所有人，有注意到這位小姐一直低著頭，也不怎麼說話。

此時開口，估計是也想要改變一下自己的形象？愛美之心人皆有之，看到這位小姐臉上的雀斑，顏末大概就明白了她的心思。

說完話之後，人家臉都紅了，低著頭不敢面對眾人的視線。

「賴瑤，妳不會是想藉著這化妝技術變美吧？」劉青玉看向剛才說話的女子，捂著嘴笑道：「別逗了，阮少爺人家這是底子好，稍微一打扮就會好看，妳嘛……」

賴瑤本來就泛紅的臉頰，此時更是暈紅，低垂著頭，不敢看別處。

「喂，劉青玉，妳是瞧不起賴瑤，還是瞧不起我們末末的化妝技術？」江月放下手裡的點心，一邊拍手上的殘渣，一邊開口。「如果妳覺得阮少爺是底子好，稍微一打扮就好看，那妳也試試唄，看看妳能不能也把人化成這樣，不過看妳臉上那厚厚的粉，估計不行，自己臉上都畫不好，更別說別人了。」

劉青玉怒氣上湧。「江月，妳不要胡說！」

「我胡說什麼啊？雖然妳們是看著末末給阮少爺化妝，但是妳們看看阮少爺化好之後的樣子，真的像有妝容的感覺嗎？」江月笑嘻嘻的掃了一圈臉上妝容恨不得上八層的貴女。「妳們對比一下自己臉上的粉，差別簡直太明顯了，嘖嘖，這一對比，阮少爺的容貌，都把妳們比下去了。」

聽了江月這話，眾人這才恍然發覺，阮林變好看的同時，臉上的妝容竟然非常自然，好像沒畫一樣，剛才只顧著驚嘆阮林外貌上的變化，若不是江月提醒，她們還沒發現這一不同之處。

劉青玉摸著自己的臉，頓時有些煩躁，她臉上的妝容看上去是不是真的很厚？剛才顏末是怎麼化妝的？好像簡簡單單幾個步驟，就讓阮林整個人換了個氣質樣貌，到底是怎麼做到的？

在場女兒家居多，都是愛美的年紀，喜歡胭脂水粉自然不是為了收藏，是為了讓自己的樣貌更出眾，現在包括魏婉兒在內，不管是自信於自己的外貌，還是外貌上有點瑕疵，想要用化妝填補，都開始對顏末的化妝手法好奇。

不過她們倒不認為是因為顏末的化妝品高端，畢竟她們身處京城，身分錢財都不缺，京城裡每出胭脂水粉的新品，這些貴女們絕對第一批購入手中。

「哎，各位小姐們、姑娘們，何必動怒呢，傷了和氣可不好。」阮林站起來當和事佬。「可能劉小姐沒有親身體會，所以不知道顏姑娘化妝技術之神奇，我摸著自己的臉，真覺得沒有上妝，很輕薄的感覺，不過我和賴瑤小姐的情況到底不同，究竟如何，既然賴瑤小姐也想嘗試，不如讓顏姑娘也試一試？」

賴瑤雙眼微亮的看向顏末。

顏末點點頭，等賴瑤朝她走過來之後，她拉著賴瑤的手，看著賴瑤膽怯的神情，輕聲道：「不怕，妳知道嗎，化妝不僅能讓人變個樣子，變醜或者變美，還能讓人透過化妝找回自信，而且化妝很有趣，如果妳感興趣，我可以教妳。」

賴瑤驚訝的看著顏末。「我也可以學嗎？這不是妳的絕活嗎？」

「絕活不至於。」顏末笑著讓賴瑤坐在自己面前。「妳也可以學，而且學會了，還可以根據自己的喜好畫各種妝容，現在告訴我，妳喜歡什麼樣的妝容？像剛才阮公子那樣自然的妝容，還是比較明豔一點的？」

隨著顏末的話，賴瑤眼裡注入了一絲新奇和活力。「我……我想要明豔一點的，可以嗎？」說完，她又像是急於補充似的。「我的長相比較寡淡，而且臉上還有……真的可以嗎？我平時自己畫，都遮不住……」

「當然，交給我吧，放心。」

這只需要再簡單不過的遮瑕就可以了，連將自己修飾成男人的模樣都難不倒顏末，更別說讓賴瑤臉上的小雀斑修飾乾淨了。

其實賴瑤長相不差，屬於小家碧玉的類型，瓜子臉很小巧，鼻子和嘴巴也都很小巧，杏仁眼，看上去乖乖的樣子，是很容易引人憐惜的長相。

這張臉很適合清新淡雅的妝容，不過賴瑤想要明豔一些也可以，有時候兩種風格雜糅在一起，會更令人驚豔。

相比起幫阮林化妝時，大家的漫不經心，這次眾人都聚精會神盯著顏末幫賴瑤化妝，尤其是各位小姐們，想要趁此瞭解顏末究竟用了哪些手法幫人化妝，可看上去和平時她們化妝的手法沒什麼區別吧？

不對，好像步驟更多了？可是步驟即使多了，最重要的幾個步驟也沒有變，所以究竟為什麼會讓人的樣貌有那麼明顯的變化呢？

這次更認真看下來，賴瑤的變化更加讓人驚豔，雀斑在顏末的點塗下竟然奇蹟般的消失了，臉似乎變得更加白皙有光澤，好像上等的珍珠般無瑕清透，眼尾勾勒出的線條，好像讓眼睛變得更大更加有神了。

還有鼻梁上搽的什麼？怎麼賴瑤的鼻梁好像更加高挺了？

輕輕暈染的紅色眼影，配上楓葉紅的唇色，讓賴瑤看起來比剛才有氣色許多，就如她說的那樣，人還是那個人，但整個人看上去明豔開朗了不少。

「好了，妳自己看看吧。」顏末笑著將剛才阮林照過的鏡子遞給賴瑤。

「嘖，挺神奇的，不是嗎？」邵安行意味不明的看著顏末笑了笑，隨口和身邊的人說道。「我看這比易容術要神奇得多，易容術可就只能讓人變個樣兒，她這可直接讓人煥然一新了。」

「聽說最近江小姐經營的胭脂水粉鋪出了好幾種新花樣，我看和這位顏姑娘用的差不多。」其中一位男子開口道。

其餘人聽了，立即起鬨。「看來你沒少給你那些紅顏知己買胭脂水粉吧，哈哈哈！」

阮林坐在邵安炎旁邊，看著顏末給賴瑤化完妝之後的效果，不由得伸手摸了摸自己的臉，也感嘆道：「我自己坐在那裡的時候，感覺還不怎麼明顯，現在看顏姑娘幫別人化，真的太令人驚訝了，這化妝技術不費多長時間，卻能讓一個人有那麼大的改變，若是真的讓一個人隱藏身分，豈不是能有千種面孔？而且這妝容如此自然，讓人一點感覺也沒有，恐怕就算長期帶妝也可以。」

說著，阮林看了看邵安炎，湊過去低聲道：「殿下，此女的化妝手段實屬難得，若是讓其他人習得，恐怕要讓一個人隱瞞身分太過簡單了。」

邵安炎放下手裡的茶杯，大拇指在茶杯邊緣輕輕摩擦著，垂眸低聲道：「讓人驚奇的手段，可不止這一種。」

阮林也聽說過顏末之前斷案查找真凶時的手段，還有其他傳聞等，不由得點頭。「邢陌言能有此女在身旁協助，恐怕……」

邵安炎抬眸看向顏末，眼裡閃過一縷深思。

此時賴瑤正拉著顏末激動的說著什麼，顏末感覺到似乎有人在看自己，於是回頭望過去，正好和邵安炎對上視線，出於禮貌，顏末朝對方笑了笑，這才將視線收了回來。

邵安炎也收回視線，將茶蓋覆到茶杯上，發出輕輕的嗙噠聲，他輕聲道：「那也要看邢陌言留不留得住顏末。」

要說賴瑤化完妝，在場心境最複雜的人，估計就是魏婉兒了。

本來是想要顏末出醜，最不濟也讓顏末認清自己的身分，不過是供她們取樂的下等人罷了，沒想到顏末露出的一手，竟然讓所有人都驚嘆，不管對顏末的觀感如何，最起碼這些人在看到顏末化妝技術的效果之後，都不得不承認這手法不是一般人能做到的。

新奇的東西總讓人充滿好奇心，尤其顏末的化妝技術是她們從未見過的，一開始看阮林臉上的妝容，也只是欣賞居多，畢竟阮林是男人，但這化妝效果一旦呈現在女人身上，同為女性的貴女們，立即就坐不住了，有活潑大膽的，直接跑到顏末身邊問這問那，甚至也想要嘗試改變一下。

只因為賴瑤完妝後的效果太驚人了，眉間點綴一朵梅花，更是點睛之筆，瞬間成了現場的焦點。

如果不是魏婉兒身分太高，差點讓人說溜嘴，認為賴瑤化妝後，都要比魏婉兒漂亮。但即使不說，魏婉兒也能從大家的眼神中看出她們的想法，一個個毫不遮掩，就差明說了。

雖然魏婉兒也對顏末的化妝技術好奇，但她不願去問，也不屑去問，只是隨著圍繞在顏末周圍的人越來越多，魏婉兒的臉也越拉越下來。

這顏末……

「我家末末開朗大氣，就是招人喜歡。」江月坐在座位上，托著下巴感嘆了一句，隨即看了看魏婉兒，笑道：「魏小姐真坐得住，不愧是大家閨秀。」

魏婉兒僵著臉笑了笑，將手中的帕子絞得越發緊了。

好不容易忍到眾人的興趣漸漸沒那麼濃厚了，魏婉兒才開口說話。「各位，讓顏姑娘歇歇吧，我們這次茶話會可不止化妝一個節目哦，快回來，還來不來下一局了。」

第五十章

既然身為主辦者的魏婉兒都這樣說了，眾人哪有反駁的道理，也就順著魏婉兒的話回到了各自的座位上。

魏婉兒滿意的笑了笑，看了眼顏末，又繼續開口。「下一局是畫畫，既然顏姑娘精通化妝術，能讓人的樣貌氣質大大改變，想必對畫畫也分外精通吧。」

顏末直視著魏婉兒。「那要看是什麼樣的畫？」她對於嫌犯的速寫還挺精通的。

魏婉兒心中不屑，她覺得這不過是顏末的托詞罷了，顏末又不是什麼大戶人家的女兒，怎麼有精力去學琴棋書畫，不然也不會跑到大理寺，和一群男人混飯吃。

說到底，顏末如今的身分讓這些貴女們很是瞧不起，之所以請顏末來參加茶話會，不過是看在邢陌言的面子上。

問完這句話後，魏婉兒就不再和顏末搭話，而是先招呼其他人玩起來，說是茶話會，這畫畫也簡單，主要在於玩，所以讓眾人畫些有趣的，雖說簡單，也很考驗一個人的繪畫功底，同時怎麼畫得有趣，也考驗一個人的腦力。

在場不論誰都會點琴棋書畫，就連江月也不例外，在將每個人桌前的茶杯餐點撤下去之後，下人們直接給每人桌前放上了繪畫的工具和紙張，完成後再一個個展示，看最後誰畫得新奇有趣，誰的畫工好，誰得到的花束最多。
顏末看著擺在桌上的毛筆，輕輕嘆了口氣，雖然她的字在邢陌言魔鬼般的訓練下有著飛快的進步和成長，但是讓她拿毛筆畫畫還是一件不可能的事情。
「末末，妳想怎麼畫？」江月湊過來問道，她手裡拿著毛筆，這會兒正轉著玩，桌上那張白紙上畫了兩隻鴛鴦，見顏末看過來，還有些不好意思的開口。「最近一直縫這個圖案，所以比較拿手。」
顏末揶揄的看著江月，順手從自己帶來的小包袱中拿出一根炭條。「我用這個畫畫。」
「那末末妳要畫什麼？」江月也沒看過顏末畫畫，對此還是很好奇的。
顏末眨眨眼。「畫完妳就知道了，到時候這幅畫送給妳，可別嫌棄啊。」
被顏末這麼一說，江月更好奇了。
不過一會兒就輪到她展示了，所以儘管好奇，江月還是正回身子，自己畫自己的，雖然江月沒想過要拿到最多的花束，但也不想丟人，不過她知道自己畫的鴛鴦並不新奇有趣，不過就是畫得傳神罷了。
邵安行提著畫筆到處甩著玩，也不畫，轉而和邵安炎說話。「你還真畫得下去。」
「為什麼畫不下去？」邵安炎頭也不抬的反問道。
邵安行哼了一聲。「別以為我不知道你來這裡的目的是什麼？」
邵安炎停頓了一下，抬頭看邵安行。「那你又是為了什麼而來？」

「你為了什麼，我就是為了什麼。」邵安行意有所指的笑著說道，眼神在顏末身上瞥了一眼。「挺有趣的，不是嗎？」

邵安炎眼神冷淡了下來，似乎想起了什麼，不再理會邵安行。

「顏姑娘，畫得如何了？」阮林看向顏末，有些好奇的問道。

因為親身體驗過顏末的化妝技巧，覺得很神奇，所以阮林對顏末的繪畫也很好奇，而且看顏末畫得很認真。

「顏姑娘，妳竟然沒用毛筆？」阮林看過去才發現顏末手裡拿的不是毛筆。「那是什麼？」

顏末抬起頭。「這是我自己做的炭筆，因為我的繪畫手法用這個比較合適，我不會水墨畫那種。」

「哦？」阮林揚揚脖子，還是看不清顏末桌上畫的什麼東西。「那妳畫完了嗎？」

「快了。」顏末笑笑，又低頭勾勒上幾筆。

一旁的魏婉兒聽到兩人的交談，聽著顏末說自己不會畫水墨畫，勾起嘴角笑了笑，心想顏末竟然不用毛筆作畫，那作出來的畫能有什麼看頭，用毛筆畫畫可是最基礎的，再看一眼顏末手中的炭筆，魏婉兒心中更加的不屑。

這樣想著，魏婉兒嘴上卻是說道：「顏姑娘，我們也很好奇呢，妳畫完趕緊給大家看看吧。」

「對啊，竟然不用毛筆作畫，真不知道妳能畫出什麼東西來。」劉青玉捂著嘴笑道。

江月瞪了劉青玉一眼，如果說魏婉兒是笑裡藏刀，劉青玉對顏末的看不起可是絲毫不加掩飾。

顏末只是笑了笑，並未說話，在她看來，劉青玉一個才十六、七歲的小丫頭，實在不值得和對方置氣，否則顯得自己格局太小，也顯得太小家子氣了。

但顏末不知道，就是她這種態度，才更讓魏婉兒和劉青玉生氣，如果沈不住氣和她們叫囂起來才好，可這種笑一笑就過去，彷彿她們的行為都被看透了，而且都幼稚得可以，懶得和她們一般見識似的。

事實上顏末也確實懶得和她們一般見識，一來是年齡比這幾個小丫頭大，二來是多年的警隊生涯，顏末什麼沒見過，根本不想將精力浪費在女人之間的鬥氣上面，她能來茶話會，也就是讓對方看看邢陌言身邊的女人，足有能和對方比肩的實力罷了。

相較起女人對顏末的敵視，在場的男人們，對顏末最多是好奇，畢竟能讓邢陌言留在身邊的女人，就足夠他們好奇這個女人究竟有什麼魅力了。

顏末一開始展示的化妝技術，在女人看來可能只想到對自己顏值上的改變，但是在邵安炎和邵安行等人看來，這樣的化妝技巧，甚至比易容術還要神奇。

試想一下，哪方勢力沒有在對方勢力安插過眼線？如果這個眼線能夠學會隨時改變自己樣貌的手段，做好遮掩，甚至能轉換多種身分，對一方勢力而言，這樣的眼線足以帶來更多情報。

更何況改變容貌，還不止這一個作用。

易容術本就不容易學，而且製作過程複雜，相當於重新造了一張臉。將人皮面具覆在自己的臉上，短期還可以忍受，但長期佩戴卻叫人無法忍受，更別說人皮面具還會讓人顯得僵硬，根本還不到神乎其技的地步，稍有不慎，就會被人察覺到異常。

但顏末卻用短短的時間改變了一個人的樣貌氣質，且化妝手法是前所未有的，不僅操作簡單，費時短，而且完成後的效果也非常自然，這比易容術要有效許多。

有魏婉兒和劉青玉的「宣傳」，顏末這裡吸引了很多視線，也許是剛才顏末展現的化妝技術太神奇，對於顏末的繪畫，眾人也好奇得很，紛紛想要一睹顏末畫作。

江月也跟著湊過來。「末末，畫完……」

還沒說完，江月一聲驚呼，捂著嘴驚訝的看著顏末桌面上的畫。

「像嗎？」顏末笑著看江月。「是不是很可愛。」

「天啊，末末。」江月眼睛發亮的看了一眼顏末，伸手將顏末桌上的畫拿起來，放在自己面前仔細欣賞。「太像了吧，這是我和誠均哥哥？好可愛，我想讓人把這兩個做出來。」

「哎，江月，妳別淨顧著自己看，趕緊給我們大家看看。」阮林好奇得不行，尤其是看到江月的反應，更想看顏末畫得如何了。

江月輕哼一聲，這才將顏末的畫轉過來，面向眾人。「看，給你們飽飽眼福，是不是很不錯！」

只見畫上最顯眼的中間位置畫著兩個人，這兩人一看就是江月和鍾誠均，因為畫得分外傳神，雖然只有一種顏色，但線條與線條的搭配之間，將人的臉部輪廓、陰影，甚至眼睛的神采都畫了出來，簡直神了。

而且有趣的是，在兩個真人般的畫像下面，還有兩個像小娃娃的畫像，可是這兩個小娃娃也能一眼就看出是江月和鍾誠均的縮小版，而且兩個小娃娃還互相面對面，弓著腰，噘著嘴，好似親吻一樣，看起來親暱又可愛。

恐怕剛才江月說的可愛就是這兩個小娃娃，臉蛋鼓鼓，大眼睛，大腦袋，小身子，處處透著憨態可掬，確實非常可愛，已經有好幾個貴女驚呼起來，看著兩個小娃娃眼睛冒光。

「有趣有趣。」阮林拍著手，眼睛發亮的看著顏末。「這是什麼畫法？還是兩種畫法，一種似乎將真人拓印在畫紙上，另外一種畫法真的好可愛，而且將鍾誠均和江月的神韻都拿捏到位了。」

「上面那個叫素描，下面這個叫漫畫。」顏末摸摸鼻子，她素描畫得好，純粹是為了做好側寫，好更精準的抓到犯人，有時候人的手可比電腦拼人像要快多了，還有漫畫，不過是她感興趣學的罷了，不是多精通，只能畫畫簡單的人物，除了人物之外，她對其他東西的畫法並不精通。

現過。

但即使如此，也足夠讓在場所有人開了眼界，畢竟這樣的畫畫方式，在大瀚朝還從未出現過。

江月美滋滋的拿著畫紙，眉眼一挑，看向魏婉兒和劉青玉，連問兩人這畫好不好看。

劉青玉哼了一聲。「不過是取巧罷了。」

江月白了對方一眼。「那有本事妳也畫一個，畫出一個和我一模一樣的人在紙上，看看妳行嗎？」

劉青玉抿著嘴唇，不說話了。

魏婉兒只能僵硬的笑著打圓場。「顏姑娘這幅畫是挺有趣的，不過大瀚朝的畫作講究以形寫神，氣韻生動，倒是和顏姑娘的畫作不一樣。」

這還是暗諷顏末取巧而已，繪畫造詣根本不高。

江月都氣笑了。「妳就說有不有趣就行了，這場不是比誰有趣嗎？又不是看誰的畫作高深，不過我家末末的繪畫造詣不高，那就是說這種誰都能畫出來，想必魏小姐琴棋書畫如此出眾，一定能畫出來吧。」

魏婉兒笑笑，心裡嘔得要死。

「好了。」顏末笑著拍了拍江月的手。「我的確不會大瀚朝傳統的畫作，會這種畫法，也不過是為了方便抓捕犯人罷了。」

「這已經比任何畫法都珍貴了。」

不遠處傳來一道聲音，眾人看過去，發現在小廝的帶領下，從外面走進來幾個人。來人是誰，有魏婉兒的父親，也有邢陌言和鍾誠均等人。

剛才說話的就是邢陌言。

「誠均哥哥！」江月看到鍾誠均出現在茶話會，表情立即高興了起來。

顏末看到邢陌言出現在這裡，也滿臉都是笑容，再加上邢陌言剛才那句話，真的覺得沒有比這更讓人舒心的事情了。

不過顏末舒心了，魏婉兒可不怎麼舒心，她看到邢陌言維護顏末，臉上雖然還撐著笑，可心裡說到底不大舒服，尤其是邢陌言來到這裡，直接走到顏末身邊。

一副站在顏末身邊保護對方的樣子，這樣的畫面真讓人難以接受。

魏婉兒站起來，走到她父親身邊，笑著看了眼邢陌言，問道：「父親，你們怎麼過來了？」

魏丞相笑著開口。「有事情和邢大人商議，商議完了，聽說你們在這裡開茶話會，加上邢大人的未婚妻也在這裡，想要接他未婚妻回去，我就領著邢大人過來了。」

魏婉兒臉上的笑容徹底僵了一下。「未婚妻？」大概覺得自己聲音大得有些突兀，停頓了一下，又繼續解釋道：「我們是聽聞邢大人有了一個心儀的女子，可這才多久，怎麼邢大人就有未婚妻了，父親，可別是你亂說啊。」

「當然沒有。」魏丞相拍拍女兒的手，眼神慈愛的看了女兒一眼，他當然知道自己女兒對邢陌言有意，可邢陌言從來沒有回應過，都是自家女兒一頭熱，而他為了女兒，也曾多次暗示過邢陌言，不過邢陌言拒絕得十分乾脆，所以魏丞相也不希望女兒繼續將心放在邢陌言身上了。

第五十一章

魏丞相看了邢陌言一眼，由他說，不如由當事人開口更來得肯定準確，更何況當事人就在這裡，他也不好越俎代庖。

邢陌言笑了笑，牽起顏末的手。「沒錯，末末就是我的未婚妻。」

說完，轉頭看顏末的反應——這件事他還未和顏末商量過，但以他們兩人的默契，既然他在這裡宣佈了，顏末絕不會反駁。

果然，顏末微微睜大眼睛，待邢陌言說完，環顧眾人驚訝的表情，顏末笑開了，回握住邢陌言的手，肯定的點點頭，似乎對邢陌言的宣佈感到幸福。

見兩個當事人都沒有否認這件事，就是板上釘釘了。

邵安行嗤笑一聲，眸子瞇起，仔細打量了兩人，隨即偏頭看向邵安炎，就見邵安炎在低頭喝茶，掩蓋了他臉上的神色，讓人看不清。

宣佈了一個大消息，在場眾人心思各異，唯一臉色難看的就是魏婉兒了，魏丞相嘆了口氣，拍著女兒的肩膀，讓她將這塊心結放下來。

魏婉兒抿著唇，看著手牽手站在一起的兩人，怎麼看都覺得刺眼，突然衝動開口道：「邢大人，我有個問題想請教。」

「婉兒？」魏丞相皺眉看向女兒，表情有些不贊同。

但魏婉兒卻一意孤行的望著邢陌言。

邢陌言看過來，原本面對顏末的微笑平復下來，語氣平淡地回道：「魏小姐有什麼問題想問我？」

「我想知道，顏末出身平凡，既不是官僚子女，也非富人之家的小姐，琴棋書畫樣樣不精通，樣貌也沒有多出眾，為什麼邢大人會看上這樣一個女人？」

「婉兒！」魏丞相沈下臉，呵斥道：「妳太無禮了！趕緊給我道歉！」

魏婉兒咬著嘴唇，一副倔強委屈的樣子，硬是不肯開口道歉，仍舊死撐著。「我就是想知道，不然……不然我……」不然我無論如何都不甘心。

她魏婉兒是京城第一美女，琴棋書畫樣樣精通，多少世家子弟想上門提親，她從來都沒有答應過，長這麼大，只對邢陌言一人有意過，卻屢屢遭受挫敗，如果一直都這樣還好，可邢陌言竟看上一個普通到不行的女子，至少在她眼裡，顏末樣樣都不如她，就算顏末露的那幾手，就她的想法，對於一個女人也沒有多少用處。

周圍人聽了，瞬間譁然，都互相看了看身邊人，想確認是否和自己的表情一樣，有的驚訝於魏婉兒的大膽，有的則點頭贊同，在她們看來，雖然顏末是有些能力，但還是無法和她們相提並論。

邢陌言沈下臉，低聲道：「魏小姐的意思是，末末配不上我？」

魏婉兒面對邢陌言冰冷的視線和表情，有些瑟縮，但還是梗著脖子，顫抖地點點頭。

「我覺得顏末和你不太配得上。」

「那妳覺得誰配得上我。」邢陌言突然輕笑一聲，眼底卻沒多少笑意。「妳嗎？」

聽到邢陌言最後輕飄飄兩個字，其中毫不在意的態度，甚至有些嘲諷的感覺，魏婉兒的臉白了又紅，紅了又白。「我乃丞相之女，也是京城公認的第一美女，論才情、論樣貌，哪一點配不上你？」

見魏婉兒越說越離譜，魏丞相氣得不行，只差沒直接將魏婉兒拉走。

「魏小姐，妳是很優秀。」這時候，顏末突然開口，笑著看魏婉兒。「但妳的這些名號對陌言來說，並不是他想要的。丞相之女？陌言成為大理寺卿，並不靠任何人，他靠的是自己，哪怕邢太傅，他都沒有靠過吧，你們在場哪位敢說，陌言靠的是自己的外公，才成就如今的大理寺卿之位？」

邵安炎抬起頭，目光灼灼的看著顏末，又看向邢陌言，聲音低沈道：「誰都沒辦法質疑邢陌言的實力，他能走到如今的位置，完全是靠他自身的出眾能力。」

顏末看向魏婉兒。「那請問魏小姐，妳的丞相之女身分，又能給陌言帶來什麼？權勢？地位？這些陌言自己沒有能力拿到嗎？再說了，京城第一美女的稱號，對陌言而言，就更沒有用了，他不是一個虛榮的人，恕我講話直白，難道陌言娶回個第一美女在家裡，只是為了好看嗎？」

「妳——」魏婉兒眼睛通紅，有些委屈，更多是氣憤，但她不知道該反駁什麼。「那妳呢？妳又哪裡比得上我？妳有哪裡配得上他？」

顏末搖了搖頭。「首先，妳要明白一個道理：我不需要跟妳比。我為什麼要跟妳比？妳也說了，我們根本不是同個層面的人，那既然不是同一層次的人，又有什麼可比，至於我哪裡配得上陌言……」

顏末看向眾人，神色自信，大氣從容，朗聲道：「我的身分地位自然沒辦法和陌言相比，但那又如何？如今我能站在這裡，成為大理寺的一員，就說明我有能力，因此能站在陌言身邊與他比肩，身為同事，我能助他，我們一同成長，一同邁步前進，有著同樣的信念和堅持，就憑這一點，我就足夠配得上陌言，他不需要一位當家主母，他需要的是能夠和他並肩成長的人。

「而這個人，就是我。」

如此自信、如此張揚的一段話，聽得眾人徹底震撼，久久不能言語，而邢陌言已經激動到手指發顫，臉上的表情像是見到了寶藏一樣，雙眼發光的看著顏末。

她那麼自信、那麼強大，竟然讓邢陌言有種想將顏末藏起來的衝動。

茶話會已經過了好幾日，可顏末在會上說的那番話，徹底在京城貴族圈裡流傳開，不管大家心裡如何想，能說出這番言論，顏末就絕非尋常女人，而邢陌言那天當眾將顏末攬在懷裡，激動的表情都不加掩飾，也足夠證明他對顏末的重視。

魏婉兒用一己之力，成就了顏末，如今誰還敢小瞧顏末。

這個女人不簡單，能成為大理寺一員，那出神入化的化妝技巧，驚人的人像速寫能力，還有與眾不同的膽識和發言，讓人無法不留下深刻印象。

那天之後，魏婉兒被關了禁閉，說要好好教導一番，至於其他人，顏末就不知道了，這還是江月好不容易找到空隙和她說的八卦，因為這兩天，邢陌言經常膩在顏末身邊。

按照江月的意思，這兩人就像磁鐵似的，每時每刻都黏著，偶爾膠在一起的眼神，實在讓人受不了。鍾誠均和陸鴻飛也都一副不敢直視的模樣，他們從沒見過邢陌言如此的兒女情長，簡直不知該說什麼好了。

顏末在茶話會上的宣揚，恐怕對邢陌言造成不小的心靈衝擊和震撼，接下來好幾天都緩不過，堂堂大理寺卿，都讓顏末變成小男人了。

為此，朱小谷每天都避開兩人，就怕親眼目睹邢陌言膩在顏末身邊，形象整個崩塌了。

那天茶話會之後，顏末在京城上層圈子裡徹底紅了，不管眾人如何想，至少顏末那天在茶話會上的發言，足夠讓眾人記憶深刻。

一個女子如此大膽有勇氣，當著那麼多人的面，直言不諱的說自己有資格站在邢陌言身邊，和當眾示愛沒有分別，但關鍵是邢陌言之後的態度，只要不瞎，都能看出邢陌言分外重視顏末。

郎有情妾有意，只有魏婉兒成了笑柄，成就了顏末的名氣。
在那之後，魏丞相將魏婉兒關了禁閉，說要好好教育魏婉兒。
顏末對此有些擔心，雖然這件事是魏婉兒不對，但畢竟是魏丞相的親生女兒，雖然是魏丞相親自做出處置，但應該也對她和邢陌言有所不滿吧。
不過如果能重來一次，顏末還是會選擇當眾說那些話，不僅僅是宣誓主權，在這個陌生的世界，邢陌言給了她安全感，她也想投桃報李。
不是地位高的人，在這段感情中就佔據絕對的主導地位，相反的，顏末一無所有，無牽無掛，想走就能立即離開，所以在這份感情中，邢陌言的不安和徬徨其實同樣不少，所以顏末想借此機會，也讓邢陌言能安下心來，畢竟感情是相互的，她也想讓邢陌言感到開心。
顏末不是一個被動的人，既然確定了這份感情，她自然要好好維護這段感情。
所以這幾日，兩人感情逐日升溫，越加蜜裡調油。
邢陌言今天在書房忙事情，江月打聽好了，特意跑過來將顏末拽走，說有產業需要顏末和她一起巡視，畢竟顏末入股了。
自從上次茶話會顏末展示了化妝技術之後，就有好多貴女私下找顏末和江月，說想要學習化妝術，江月趁此機會，也在自己的店鋪裡推出了好幾款新化妝品，口紅色號多了，而且還有新品，比如修容和眼影等，還在顏末的建議下，取了很多古風文雅的名字。

這些化妝品一經發售，立即火爆全京城，江月和顏末賺了好多錢。

看顏末每天泡在蜜罐子裡，忙得都沒空和鍾誠均約會的江月就非常不滿，好不容易趁著兩人沒黏在一起，趕緊將顏末拽出來了。

好姊妹，就要有難同當。

連續逛了好幾家店鋪，就算女人再怎麼喜歡逛街，也受不住了。

「末末，我們去望香樓吃飯吧。」江月掛在顏末身上。「反正我們有錢了。」

顏末點點頭，一想到自己也成了有錢人士，臉上的笑容就掩飾不住。「走，我請妳。」

「妳當然要請我，這幾天如果不是我一力承擔店鋪的事情，妳哪有機會和邢大人卿卿我我。」江月哼了一聲。「還不謝謝我。」

顏末揉揉鼻子，有些不好意思。

兩人一路聊天往望香樓走去，在門口遇到了一個人，這一幕彷彿似曾相識。

「大……大公子。」江月驚訝的看著從對面走過來的邵安炎。

邵安炎朝江月點了點頭，轉頭看向顏末。「好巧，又在這裡遇到妳們。」

顏末禮貌的笑了笑，沒有多說話，邵安炎知道邢陌言的真實身分，而她是邢陌言身邊的人，自然不好和邵安炎多說些什麼。

但邵安炎顯然不想浪費這個巧遇，彼此問好之後，便邀請顏末和江月去樓上吃飯。

顏末和江月本就準備在望香樓吃飯，自然不好拒絕，又礙於邵安炎的身分，也只能同意了，只不過和邵安炎坐同桌，總有些彆扭。

邵安炎似乎有心事，吃飯時有些心不在焉，也沒和兩人多聊，顏末覺得有些奇怪，既然沒什麼話和她們說，那麼在樓下遇到時，問個好不就行了。

但是邵安炎卻請她們吃飯，請了她們後卻又不怎麼開口說話。

邵安炎不先開口，顏末和江月自然也不會隨便亂聊，江月不知道邢陌言的真實身分，對於邵安炎的舉動自然心生納悶，但顏末清楚，所以她也能猜到為什麼邵安炎會請她們吃飯。

很有可能是衝著她來的。

果不其然，在快要結束用餐的時候，邵安炎叫住了顏末，說想要和顏末單獨談談。

江月驚詫的看了看邵安炎，又看向顏末。

「妳先回去吧，月月。」顏末開口道。

江月遲疑了幾秒，只能點點頭。

第五十二章

「末末呢？」邢陌言從書房出來，才發現顏末不見了。

朱小谷正在院子裡逗三個小的玩，聞言開口道：「被月月姊拽走了，月月姊還讓我給大人帶一句話。」

邢陌言走下臺階，坐到朱小谷對面，伸手給自己倒了杯茶。「什麼話？」

「咳咳。」朱小谷小心翼翼的瞥了眼邢陌言，小小聲開口道：「月月姊說，黏黏糊糊總得有個度，饒了我們這群人吧。」

「我們這群人？」邢陌言嗤笑一聲，看著朱小谷。「也包括你。」

「不不不——」朱小谷連忙擺手，訕笑著道：「哪可能啊，大人能和末末姊感情這麼好，我高興還來不及呢。」

「末末姊？」邢陌言品味著這個稱呼。「你什麼時候和末末這麼親近了？」

朱小谷忍不住在心裡吐槽，這都多久了，大人你都叫上末末了，還不允許別人叫末末姊了。不過吐槽歸吐槽，朱小谷可不敢當著邢陌言的面說出這話。

「大人和末末姊都這種關係了，我們是家人，當然要親近了。」

邢陌言勾起嘴角，滿意的點點頭。

朱小谷在心裡為自己的機智點了個讚。

「對了，末末和江月去了多久？」邢陌言又繼續問道，忍不住皺眉朝門口的方向看了一眼，心想江月拽走他的人，也不知會一聲，下次要多給鍾誠均找點活兒幹。

「去挺久了。」朱小谷眼珠子一轉，就知道邢陌言在想什麼。「大人，聽說月月姊和末末姊去巡視商鋪了，她們兩個估計要在外面吃，可能是望香樓吧，兩位姊姊最近掙了不少錢呢。」

邢陌言一挑眉，放下茶杯，想了想，站起身道：「我出去轉轉。」

朱小谷目送邢陌言遠走，抱住撲過來的豌豆，嘖嘖兩聲。「我的小豌豆啊，大人真的栽了啊。」

「大人栽了？」小豌豆咬著手指，往門口望了一眼，雖然已經看不到邢陌言的身影了。

「大人跌倒了嗎？」

「哦不不不，看到大人剛才的樣子了嗎？生動的詮釋了什麼叫一日不見如隔三秋。」朱小谷嘆口氣，語重心長的摸了摸小豌豆的腦袋瓜。「再強大的男人，也總是有弱點的。」

豆芽跑過來，挺起小胸脯。「我就沒有弱點，我很強大。」

「是嗎？」朱小谷嘿嘿笑了兩聲，哈著手，去撓豆芽癢癢。「讓我來看看你說的是不是真的。」

豆芽癢得直笑，一旁的蒜苗也加了進來，一片歡聲笑語。

陸鴻飛從門口路過，聽見裡面的笑聲，探過頭瞧了一眼，見一個大孩子和三個小孩子玩得開心，笑著搖了搖頭，嘴角挑起。「也許該和陌言提一下，是時候給三個孩子起名字了。」

包廂裡就剩下顏末和邵安炎兩個人，兩個人面對面坐著，一時間，誰也沒有說話。

半晌，邵安炎才開口。「陌言都告訴妳了吧。」

顏末回道：「不知道殿下說的是哪方面的事情？」

邵安炎勾起嘴角笑了笑，聲音微微有些低沈。「顏末，不要和我裝傻。」

「就算陌言都告訴我了，又能有什麼影響？」顏末反問道。

「妳能幫他。」邵安炎瞇起眼睛。「妳手裡的那件武器，以為藏得很好嗎？」

顏末心下一震，臉上的表情卻絲毫未變。「當然不會，不過我相信陌言。」

「相信他能保護妳？」邵安炎逼問道。「也許邢陌言現在都自身難保了。」

「殿下在嚇唬我。」顏末神色平靜的看著邵安炎。

邵安炎沈著臉不說話。

「退一步說，就算陌言自身難保，我也會站在他身邊保護他。」

「保護他？」邵安炎皺起眉，隨即嗤笑起來。「妳對他倒是不離不棄。」

「這不是應該的事情嗎？」顏末理所當然道。

兩人對視著沈默下來，邵安炎目光如水，沈得像深潭一樣，讓人猜不透他在想什麼，而顏末面容鎮定，即使對面的人身分尊貴，氣氛緊張，也沒有讓她露出一絲惶恐的表情。

邵安炎看著顏末，突然嘆息了一聲，放緩語氣問道：「如果我允諾任何妳想要的，只要妳能離開邢陌言，妳願意嗎？」

顏末皺起眉。「殿下這是何意？我想我剛才說得已經夠清楚了。」

「我是皇子，而邢陌言現如今還未恢復皇子的身分。」邵安炎沈聲道。「也許他一輩子也不可能恢復皇子的身分。」

「那又如何？」顏末反問道。「我在乎的也不是邢陌言的身分地位。」

「看來妳好像還不明白。」邵安炎勾起嘴角。「皇子身分意味著什麼，妳清楚嗎？就算邢陌言是我們的兄弟又如何，他一朝不恢復皇子身分，只要權力地位在他之上的人想要動他……」

邵安炎湊近顏末，低聲道：「那簡單得很，一旦邢陌言自身難保，他還能護妳周全嗎？顏末，成為我的人，我能護妳周全。」

邵安炎這話說完，顏末好半晌才意識到邵安炎說的是什麼意思。

反應過來之後，就一個想法：這人有病？

算來算去，她和邵安炎好像也沒多少交集，怎麼就能說出這種話來，顏末有自知之明，自認為除了力氣大點、吃得多點，長得還算湊合外，也沒其他優點了，就算在這個時代顯現出什麼能力和特別來，那也是沾了義務教育的光，再別的就沒了。

邵安炎好歹是大瀚朝的皇子，要說邵安炎真的看上她，顏末怎麼都不可能相信，無非是圖個新奇吧。

此時邵安炎的目光就像是利劍一樣，直刺過來不打彎，讓顏末避無可避，只能迎頭而上。

「殿下，我想你也有些事情不明白。」顏末伸手扣住桌面上的茶杯。「我雖然是個女人，但我並不需要別人護我周全，哪怕有什麼是我力不能及的地方，我寧願和陌言一起面對。」說完，手放下，茶杯碎成了兩半。

邵安炎眸光一冷。「妳在給我示威？」

「並不是示威，只是想讓殿下看看。」顏末看著碎成兩半的茶杯笑了笑。「我並不是手無縛雞之力的女人，捏碎茶杯實在算不上什麼，甚至在我看來有些好笑，就像殿下剛才說的那番話。」

在邵安炎越加冰冷刺骨的目光中，顏末好似根本沒有感覺一樣，將碎掉的茶杯一推，目光清凌凌的直視邵安炎。「我就樂意待在大理寺，就樂意查查案子，捉捉賊，平生沒多大追求，殿下您地位崇高，我可攀不起，我懼高，攀上去會去半條命，那是賠本的買賣，我又不傻，堅決不幹。」

兩人對視著，誰也不讓誰，好像誰先挪開目光，就認輸了一樣。

邵安炎多大來著？好像和她差不多大吧，這樣一個年輕人，在現代社會就是剛出茅廬的大學生，她是上學早，家裡沒人，需要自己早獨立，所以能跳級就跳級，能早出來工作就早出來工作。

本以為她的人生就夠勵志了，沒想到來到這裡，還有比她更勵志的人生，邵安行比邵安炎還要小吧，這麼大的孩子都要爭權奪勢了，果然古代皇權都是吃人的。

靜默中，邵安炎的眉頭逐漸皺起。「妳那是什麼眼神？」

「啊？」顏末眨眨眼，發覺自己剛才於無形中洩漏出了一絲絲憐憫。

「妳是鐵了心要跟著邢陌言了？」邵安炎平復下內心因為顏末的眼神而產生的波動，將心底異樣的感覺壓了下去，又開口問顏末，大有不達目的勢不甘休的感覺。

顏末嘆了口氣。「殿下何必這麼執著，我應該說得很明白了。」

「希望妳不要後悔。」邵安炎垂眸在剛才碎裂的茶杯上。「事情到了無法挽回的地步時，就跟這個茶杯一樣，想要修好也不可能了。」

顏末笑了笑，假裝不知道邵安炎說的是什麼事情不可挽回，將話題偏到茶杯上。「茶杯壞了，再買新的就是，舊的不去新的不來。」

江月回去的路上，碰到了邢陌言。

「末末呢？」邢陌言看江月獨身一人，顏末並不在她身邊。

江月縮了縮肩膀，覺得邢陌言見到只有她的那一瞬間，表情立即冷了下來，雖然一開始也沒什麼表情，但現在大概就是一汪冰水凍成了冰塊的狀態。

「末末……」江月在心裡狂喊，她要怎麼說，難道直言末末單獨和邵安炎在一塊兒？這多讓人誤會，如果邢大人以為末末水性楊花就不好了。

見江月支支吾吾，邢陌言就差從頭頂冒出煙來。「末末到底在哪？」

「末末和大殿下一起，在望香樓……」

話還沒說完，邢陌言就越過江月，逕直往望香樓的方向趕去。

江月回望邢陌言的背影，咬著嘴唇有些猶豫，半晌，提著裙子也轉身跟了過去，只因為她才說到末末和邵安炎在一塊，邢陌言的臉色瞬間就變了。

怎麼回事，難道大殿下會對末末不利？江月一時間想了很多，簡直心慌慌。

可千萬別出事情啊，不然她要愧疚死。

春天悄悄過去，天氣漸暖，綠樹蔥郁濃陰，有戶人家的紅薔薇爬了滿牆，從牆沿邊探出頭，微風拂過，花朵晃了晃，戀戀不捨的掉下幾片花瓣，飄飄悠悠落在路過的人頭上。

顏末晃了晃腦袋，從髮上晃下幾片火焰紅的花瓣，正要伸手去接，就聽見有匆忙的腳步聲趕來，隨即被擁進一個寬闊的懷抱中。

熟悉的味道湧入鼻尖，顏末瞬間放鬆了肩膀，不用看就知道來人是誰。

「沒事吧？」

「接花瓣也有事？」顏末笑著問道。

邢陌言鬆開顏末，低頭仔細看了下懷裡的人，又再低頭看了眼兩人腳中間飄落的花瓣。

「妳還有閒心賞花。」

「那花好看嘛。」顏末摸了摸鼻子，繞過邢陌言胳膊，探頭去看後面跑過來的江月，然後又縮回來看邢陌言。「你都知道了？」

「知道什麼？」邢陌言輕哼一聲。「妳倒是膽子大，自己一個人和邵安炎聊得愉快嗎？」

「還行、還行。」顏末嘿嘿笑了兩聲，見邢陌言神色不對，立即伸手懷抱住男人精瘦有力的腰身，偷偷衝著邢陌言背後的江月擺擺手，然後一心一意安撫心上人。「我現在不是好好的嘛。」

江月舒了口氣，拍拍胸脯，心想邢陌言果然是小題大做，末末能有什麼事情，大殿下又不是大黑熊，不會將末末怎麼樣。

見兩人之間沒她什麼事，江月撇撇嘴，只能虛無的來，又虛無的回去了。

這條賞花的路沒多少人，邢陌言竟然為愛行偷盜之事，仗著自己個子高，抬手揪了朵薔薇花，鄭重其事的簪在顏末頭上。

「好看。」

顏末伸手撫了撫花，慣常大大剌剌的性格，走路風風火火，此時邁著步子，竟然感覺頭重腳輕，脖子有些承重了，不過也是甜蜜的負擔。

被心上人說好看，對於任何一個女人來說，都足夠讓臉頰羞紅。

兩人手牽著手往大理寺走，顏末歪頭看邢陌言。「你不問嗎？還是等著我告訴你。」

邢陌言勾起嘴角，低頭看向兩人交握的手。「這不就是答案嗎，妳還在我身邊。」

顏末停下腳步，訝異的看著邢陌言。「你知道大殿下對我……」

邢陌言道：「猜得出來，他對妳很感興趣。」

「你什麼時候發現的？」顏末好笑的看著邢陌言，竟然早就知道這件事，還不告訴她。

見顏末追問，邢陌言咳了一聲，顧左右而言他，就是不正面回答，被問急了，就強硬的將顏末抱在懷裡搖晃，嘴上也強硬道：「不許問。」

堂堂大理寺卿，逼急了被迫撒嬌，也是難得。

顏末忍不住笑。「告訴我怎麼了？」

「妳非要知道這個幹什麼。」

顏末眨眨眼。「我想知道我什麼時候散發了無敵魅力才引起堂堂大皇子的興趣。」

第五十三章

邢陌言瞇起眼睛，突然問：「最受京城貴女們青睞的可不是邵安炎。」

「哦，難道是二殿下？」顏末裝得好像自己根本沒參加過那次針對她的茶話會一樣。

見顏末這樣，邢陌言又氣又好笑，伸手捏住顏末的臉頰，一扯，氣道：「妳都迷住全京城最優秀的男人，妳的魅力還不大？不用再借邵安炎證明自己魅力有多大了。」

「噗——」顏末捂著肚子，伸手捶向邢陌言胸膛。「全京城最優秀的男人，也虧你說得出口，要不要臉啊！」

「不要了。」邢陌言看顏末笑得眼角飆淚花，又好氣又好笑，還有三分無奈七分寵溺。「要什麼要，只要妳別跟我打聽別的男人，臉面不要也罷。」

和邵安炎別過之後的第三天，顏末就被召見了。

「皇上要見我？」

召見的人是大瀚朝的皇帝，也是邢陌言的生父，這個節骨眼上突然召見她，顏末想也知道，恐怕這次召見不會那麼平順。

「我會陪妳一起面對。」邢陌言握住顏末的手。「不用擔心。」

顏末搖搖頭。「倒也不是擔心，只是這次皇上召見我，難道只為了我和你在一起的事情嗎？」

「沒有那麼簡單……前段時間，大臣們上奏皇上，說要立儲君。」邢陌言低頭垂目，神色似有些凝重。「邵安炎和邵安行這些日子鬥得厲害。」

顏末一下子想了很多。「那皇上在這個時候召見我們……」

「我的身分幾乎要掩蓋不住了。」邢陌言輕笑出聲，聲音卻沒有多少溫度，眼裡的神色像淬著冰。「也難為他變著法兒讓邵安炎知道我的身分，如今，估計邵安行他們也猜得差不多了。」

聽邢陌言這樣說，顏末一深思就能想通這其中的彎彎繞繞，心口立即緊了緊。「皇上想利用你牽制住邵安炎和邵安行？他難道不想立儲君？」不然也不會在這個時候讓邢陌言的身分曝光。

邢陌言這回笑得真心實意，伸手親暱的捏了捏顏末的臉頰。「妳怎麼這麼聰明，我才說幾句，妳就想到了這麼多，真不愧是我的女人。」

顏末臉頰發紅的拍掉邢陌言的手。「你還說笑！」

時間也許真的能沖淡一切，但似乎沖不淡當今皇上的權力之慾，為了打壓兒子們爭權奪勢，竟然利用沒有皇子身分的邢陌言，難道這位皇上一點不覺得愧疚嗎？

也許是愧疚吧，至少這人對邢陌言好得沒話說，但就和對待邢陌言母親一樣，一旦碰觸到那條底線，什麼愛情、親情都先靠邊站。

顏末將自己倚在邢陌言懷裡，放鬆整個身體，臉頰靠著邢陌言堅硬寬闊的胸肌，都擠變形了，嘴唇在反作用力之下微微嘛起，眼神渙散的發著呆，無聲嘆了口氣。

邢陌言心神震動，自從他們兩人確定關係以來，顏末還從沒露出這麼依賴他的樣子，讓邢陌言心生搖曳，甚至有些不知所措。

「怎麼了？」伸出雙手，小心翼翼地抱著懷裡的人，邢陌言低頭看著顏末，目光停在微微嘛起、紅潤的嘴唇上，手指蠢蠢欲動，想要上去撥弄兩下，不，兩下可能遠遠不夠。

顏末唔了一聲，緊了緊環抱住邢陌言的雙手，又使勁往邢陌言的胸膛裡蹭了蹭，跟初學鑽地的地鼠似的，蹭得有那麼幾分不熟練，但表達出來的依賴和親暱，已經足夠邢陌言熱血沸騰。

邢陌言抱著顏末，鬆了覺得不夠，緊了又怕弄疼懷裡的寶貝，被顏末蹭得，心都軟成水了，一戳就能冒出來，簡直不知如何是好。

「陌言，天氣開始熱了。」顏末在邢陌言懷裡低聲道。

邢陌言茫然的嗯了一聲，下意識抬頭看了看天空，剛想回一句今天太陽很大。

「天熱，我會擔心你會不會中暑；下雨，我會擔心你有沒有帶傘，會不會被淋成落湯雞；早中晚的時候，我會擔心你有沒有吃飯、餓沒餓肚子；晚上睡覺的時候，我會擔心你有沒有蓋被子，會不會著涼。」

顏末在邢陌言懷裡抬起頭，迎著邢陌言目光灼灼的眼神。「每一天、每一個月、每個季節，一年三百六十五天，我都會擔心你、在意你、關心你、陪著你，所以不要難過，有我在。」

是不是天空的太陽落下來砸在他心臟上了，為什麼這麼灼熱，燙得他全身的血液都在翻騰，心臟的位置前所未有的歡騰起來，刺激得他眼睛都發紅了。

「末末。」

才一出聲，就發覺嗓子已經乾啞，邢陌言只能將顏末緊緊的抱在懷裡，讓顏末聽他的心跳，感受他是如何激動，如何為她這番話而心蕩神搖。

普普通通的一番話，竟然讓他感受到前所未有的溫暖，被人放在心上的感覺，真的很美好。

「這是妳說的，妳要遵守。」邢陌言低聲放出「狠話」，嘴唇卻輕輕印在顏末的額角。細細密密的親吻逐漸往下，吻過連弧度都讓他心動的眉毛，長長的眼睫，印著他身影的明亮眼眸，小巧的鼻尖，泛著暈紅的臉頰，一直到他最遐想的地方。

舌尖觸碰纏繞，所有的感官全部集中在彼此交接的地方，像是想將所有的熱情都融化在彼此的觸碰之中，前所未有的激動和愛戀，要將人融入骨血的力道，連空氣都好像發熱了，空氣中的水分都快要變成水蒸氣了。

顏末的大大剌剌，膽氣和豪放在此時此刻全都不見了蹤影，小女兒儀態顯露無遺，無力的滑在邢陌言懷裡，嗚咽著快要哭了，事實上，眼角已經不由自主的淌了淚水，臊得只能緊緊揪住邢陌言的衣服，藉以支撐自己的身體。

這樣下去可不行，但邢陌言的攻勢太猛，她根本來不及調整，只能任由邢陌言帶著，被迫接受他帶給自己的所有感覺。

感覺腰背上的手逐漸不安分起來，再這樣下去，可就真要擦槍走火了，顏末強撐著支起拳頭，捶了邢陌言一下，結果卻換來更猛烈的攻擊，連拳頭都被人握在了手裡。

大手完全包裹著拳頭，毫不掩飾地昭示著反抗無用的力量對比。

此時此刻，顏末的小反抗已經一敗塗地。

真沒想到自己一番話能讓眼前歷來冷靜的男人徹底失去理智，心裡說不得意，那肯定是假的，想必任何談戀愛的人，看著愛人為自己失去理智，都是得意又竊喜的吧。

硬的不行來軟的，顏末另一隻手撫在邢陌言背後，安撫地拍著對方，這樣的效果更顯而易見。

邢陌言依依不捨的鬆開顏末，大拇指撫在顏末的嘴唇上，給她擦了擦。

兩人對視，臉都紅得可以。

邢陌言抬頭望天，清了清嗓子，還是啞著聲音。「都怪妳。」

顏末疑問。「？」

看著邢陌言耳朵都紅了，顏末好脾氣的點點頭，抿著有些紅腫的嘴唇，試圖掩蓋嘴角抑制不住的笑意。

她還沒掩蓋成功，對面人已經失敗了，嘴角的笑意怎麼都蓋不住，明晃晃的暴露在陽光底下。

沒關係，反正都臉紅著，誰怕誰。

兩人對視著，又抱在一起，空氣似乎都充滿了膩人的味道。

愛情能帶給人強大的支撐，哪怕到了等級森嚴的皇宮，顏末都無所畏懼，甚至還能仗著膽子悄悄打量高高在上的皇帝。

上一次見到這位皇上，距離甚遠，瞧不清楚，此時書房裡只有三個人，皇上仔細打量著顏末，顏末自然也不甘落後。

再怎麼保養得當，臉上的皺紋也掩蓋不住，鬢角白髮叢生，是人，都抵擋不了衰老，哪怕高高在上的人也如此。

難怪邵安炎和邵安行開始不安分的爭權，也難怪皇上變得如此心急，甚至不惜利用他虧欠了這麼多的邢陌言。

皇上打量過顏末，又將目光放在邢陌言身上，眼神透著慈愛。「顏末能成為你的助力，倒也不錯，不過終身大事，還需要有媒妁之言，聽父母之命，魏家那位魏婉兒就足以配得上你，到時候一個主內，一個跟在身邊幫你，豈不是很好。」

一開口就驚天暴雷，顏末握緊手，雖然相信邢陌言，但皇上這話著實讓她不舒服，而更讓她不舒服的是，她還沒辦法出聲反駁，憋氣得很。

邢陌言目光微冷，嘴上道：「陛下大概理解錯了，臣這輩子只打算一生一世一雙人，所以選定了誰，也就認定了這個人，不會另娶他人。」

皇上的神色也冷了下來。「你是朕的兒子，將來要恢復皇子身分！身為皇子，你的正妃必須……」

「必須什麼？」邢陌言搶白道。「關於是否恢復皇子身分，臣之前已經給出答案了。」

「你！」皇上氣急，伸手點了點邢陌言。「是否恢復皇子身分，這可由不得你！」

說完，皇上看向顏末，神色和緩下來，但嘴裡的話，明裡暗裡都在告訴顏末，妳這樣的身分不適合成為邢陌言的正妃，要識大體，邢陌言必須娶一個門當戶對的女人，哪怕他反對，邢陌言的身分一朝得到正名，其他人也不會允許他娶一個毫無背景的女人。

軟刀子嗖嗖的，顏末面無表情的聽著，心裡都快氣笑了，這可真是高高在上、自以為是的可以。

原來召見她，是這個目的啊，明著為難她，實際上是在暗地裡威脅邢陌言。

走出皇宮的時候，邢陌言整張臉都黑得可以，估計是憋屈得很了。

顏末握住邢陌言的手，輕輕晃了晃。「別氣。」

「我不氣。」邢陌言捏了捏陷在自己大手裡的小手。「放心，他說的那些話不會成真。」

「嗯，我相信你。」

聽完皇上那番話之後，顏末深刻的意識到，自己目前非常弱小，面對邵安炎的時候，還能開口拒絕，那恐怕也是邵安炎沒有動真格吧，畢竟人家可是堂堂一個大皇子。

但當時顏末卻並沒有意識到，或者說意識到了，也沒有過於放在心上，可是在皇上召見她之後，顏末這才發現，那次在望香樓裡，邵安炎的話一點也沒錯，當權者如果真的要對她做些什麼，她根本無力反抗，也許有邢陌言在，不用她承擔什麼，但顏末並不想成為邢陌言的負擔。

連續幾夜，顏末都沒怎麼睡覺。

精神狀態不好，被時刻都密切關注顏末的邢陌言發覺了，得了空，逮到顏末就問怎麼回事。

顏末支支吾吾的說沒幾句話，想要應付過去。

邢陌言瞇起眼。「妳是不是想讓我晚上去妳那裡？」

顏末瞪了眼邢陌言。「過幾天你就知道了，現在不要問那麼多嘛。」

這種撒嬌抱怨的語氣語調前所未有，聽得邢陌言內心激起了浪花，底線一退再退，退得沒邊了。

嘆了口氣，邢陌言無可奈何的低頭親了口顏末。「妳就拿捏我吧，讓我對妳沒辦法。」

顏末嘴角的笑意湧上來，抑都抑不住。「放心，我有分寸。」

「別讓我擔心妳。」

顏末嗯嗯幾聲，乖巧的應承著，晚上還是該怎樣就怎樣。

不過也確實如她自己所說，她有分寸，熬了幾夜，也就停了，拿著熬夜嘔心瀝血畫好的圖紙，來找邢陌言。

「你先回答我幾個問題。」顏末捏著圖紙，神情非常認真。「你確定不想要恢復皇子身分，不想要皇位嗎？」

邢陌言笑了下。「那妳想當我的正妃，當我的皇后嗎？」

顏末皺皺鼻子。「上次你說一生一世一雙人，只有我一個，恐怕我會面臨無窮無盡的麻煩，所以不想。」

「那我也不想。」邢陌言走到顏末身邊，握住她的手。「皇權於我實在太噁心，我母親就是死於皇權之下，所以我不願、也不希望妳以後面臨各種問題和刁難。」

第五十四章

「可是如果你不爭，我們永遠都會處在被動的地位。」顏末提醒道。

「那怎麼辦？」邢陌言勾勾嘴角，低頭看了眼被顏末攥在手裡的圖紙。「我家小娘子已經想好應對辦法了，是嗎？」

「誰是你家小娘子！不要亂認關係。」顏末紅著臉嘟囔一聲，然後將圖紙拍在邢陌言胸口。「主動權還是要掌握在自己手裡，你只能被我拿捏住，但我不能被任何人拿捏住，東西給你了，事情要辦好，聽到沒。」

趾高氣揚的下了命令，接收命令的人甘之如飴，將圖紙一捲，也不看，而是抱住懷裡的人，忍不住親了又親，低聲道：「妳怎麼這麼可愛。」

「你知道就好。」顏末輕哼一聲，嘴角泛起的笑意擋都擋不住。

這幾日京城謠言四起，暗潮洶湧，自從上次和巫蠱之禍有關的案子爆發之後，牽連甚廣，不過很快就被壓下去，但這段時間也不知道怎麼了，竟然又被提起。

只不過這次提起的不是這個案子和巫蠱之禍的牽扯，而是當年被巫蠱之禍牽連的那些人，聽說死去的一位貴妃其實生下了龍子，皇上近日有心想認回當年的孩子。

又有人說，當年的巫蠱之禍有諸多冤情，貴妃皇子都是無辜的，還有許多無辜之人，均是頂替了別人的罪名，替別人受的罪，至於這別人是誰，不可說，不能說。

種種風言風語，不僅沒被禁止，還越傳越起勁，也不知道這操盤之人是誰，恐怕是蹚渾水且有心之人都在其中摸魚攪局。

提起流落民間的皇子，難免就要猜測這皇子究竟是誰，是什麼身分，如今過得如何，對外討論最多的便是如今這位皇子。

顏末和邢陌言都心知肚明，關於皇子這則消息是皇上放出來的，看樣子，皇上是鐵了心想要認回邢陌言，不過其他消息，比如巫蠱之禍的冤假錯案等等，便是他們放出來的，有如此好的機會不利用，那豈不是傻了。

在謠言愈演愈烈的時候，時機終於到了，皇上開始著手恢復邢陌言的身分，先是有大臣提出最近的謠言，隨即皇上便下旨命人查，這一查，就查到了邢老爺子身上，邢老爺子自然站出來證明事實。

不過是演戲罷了，當今皇上想要恢復邢陌言的皇子身分，名正言順，此時不論誰縱有千般想法，也只能聽之任之，至此，邢陌言的皇子身分被揭露，朝野震驚。

算下來，邢陌言比當今大皇子還早出生一月有餘，是正經大皇子沒錯了，而且這麼多年，竟然就在他們眼皮子底下成長，還年紀輕輕就當上了大理寺卿，果然是皇家血統，如此優秀。

儘管內心震驚震撼，但在朝為官的哪個不精明，很快就適應了邢陌言的皇子身分，改口那叫一個快，而邢陌言則頂替了邵安炎的頭銜，成為大皇子，邵安炎居為二皇子，而邵安行，自然排到第三的位置，這一變故，也著實讓人費勁適應了一段時間。

對於邢陌言身分的轉變，邵安炎和邵安行都沒什麼太大的反應，有心人便清楚，恐怕皇家之人早就清楚了邢陌言的真實身分，如今不過是昭告天下罷了。

邢陌言恢復皇子身分後，被賜名為邵安陌，身為皇子，已不適合承擔大理寺卿一職，於是便指定陸鴻飛為大理寺卿，而皇上為了補償邢陌言，封邢陌言為端王，這可是第一位受封的皇子，可見其榮寵正盛。

邢陌言和陸鴻飛、鍾誠均交好，這兩人一個是現任大理寺卿，一個是定國公之子，兩人背景都不低，加上邢陌言自己身後便站著一位太傅，且自身能力不弱，身分一經恢復，便有人開始示好，畢竟比起其他兩位皇子，邢陌言這位皇子的競爭力也不弱。

有了邢陌言的加入，本來針鋒相對的局面，更顯混亂，而皇上對此樂見其成。

邢陌言成了王爺，在朝堂上有其他事情要做，且忙得很，就算他不找事，邵安炎和邵安行的黨羽們也給他找事，而顏末，則在大理寺又接連處理了好幾起漂亮的案子，逐漸被人熟知，加上陸鴻飛重用顏末，且也給顏末升了職，成了大理寺的女捕頭也算是出頭了。

在此之前，邢陌言皇子身分剛揭露的時候，他和顏末的事情也被傳揚開來，除了津津樂道皇子和一個平民女子的感情之外，大多數人並未將這段感情當一回事，甚至樂完就拋諸腦後，根本對顏末這個人不甚在意。

另外那群京圈貴女們，心思又開始活絡了，畢竟邢陌言之前哪怕不是皇子身分的時候，都足夠讓人「垂涎」，如今邢陌言還有身分光環加持，不僅是這群京城貴女，連其家人都恨不得扒上邢陌言。

那場茶話會上邢陌言的表態，也在邢陌言成為皇子之後，被眾人遺忘，現在不同往日，邢陌言如今的身分地位，顏末如何配得上。

堂堂大理寺卿的地位，眾人就覺得顏末配不上，更別說如今邢陌言成了皇子殿下，甚至是當朝被封的第一位王爺，於是眾人再次未將顏末放在眼裡。

對此，顏末並未在意，她自己清楚與邢陌言的感情如何就行了。

雖然現在邢陌言很忙，她也很忙，但兩人都會抽空見面，幾乎每天一見，如果見不著面，邢陌言也會寫信，傳小紙條給顏末，相較起來，好似邢陌言更沒安全感。

顏末有時候都覺得好笑，笑問邢陌言，為什麼生怕她跑了似的，每天見面不夠，還要寫小紙條給她。

邢陌言對此很委屈的表示，他在這裡有根、有家，但顏末卻無根，什麼時候消失了，他都不知道去哪裡找她。

「那你給我一個家啊。」顏末紅著臉看邢陌言，伸手抱住對方，嘆息了一聲，道：「誰說我在這裡沒根，這不正抱著嗎？」

邢陌言喉結滾了滾，啞聲道：「這可是妳說的，不要反悔。」

「悔什麼？」顏末裝傻。

「悔婚。」邢陌言說完，又快速回道：「是妳說要我給妳一個家，那就是同意嫁給我了。」

顏末無奈抬起頭。「你還挺會繞彎，能繞到這裡也是可以。」

邢陌言勾起嘴角，不僅厚著臉皮，臉上還挺得意。

雖然被邢陌言繞著彎把自己給送出去了，但顏末也沒反駁，反而越加有幹勁，她一個有手有腳有能力的人，憑什麼配不上邢陌言，就要給那些人看看，究竟是誰配不上。

但成為大理寺的女捕頭還不是顏末的目標，她的野心絕不僅僅如此。

有現代文明加持，顏末又是警界精英，知曉頗多，如今在大理寺任職，且有邢陌言和陸鴻飛等人在背後支持，還有什麼不能拿出來的。

但這些小改造，並不能引起太多的注意，真正讓人注意到顏末的，是邢陌言拿出來的弓弩改進圖。

大瀚朝有弓弩，但弓弩並不比箭好用多少，射程不遠，發射起來也麻煩，但這張圖紙上的弓弩，卻完全摒棄了現有弓弩的缺點，讓弓弩成了真正強大的殺傷性武器。

而這份圖紙，雖然是邢陌言拿出來的，卻出自顏末之手。

借由現今的大皇子，顏末的名字又一次出現在眾人眼前，大家才知道，原來邢陌言成為皇子之後，也從未遠了顏末，但也有人覺得，顏末也許就是憑藉此事，才能緊抓著邢陌言不放。

不論如何，身為一介女子，顏末卻能給出這樣的圖紙出來，她的能力讓人無法忽視。圖紙獻給皇上，皇上大喜，因近期邊塞又有戰事傳來，如若將弓弩改進，交由邊塞戰士使用，定能讓他們的戰力防禦升級，這如何讓人不喜。

有了這份圖紙，皇上對顏末也算是另眼相待，雖然對顏末和邢陌言的事尚未鬆口，但卻對顏末大加褒獎，並且因顏末屢破奇案，還又將顏末升了職，如今已位列大理寺少卿之下。

因邢陌言大出風頭，邵安炎和邵安行兩方皆偃旗息鼓，邵安行一黨將矛頭對準邢陌言，想要挫挫這位新晉皇子的風頭。

只不過邢陌言的風頭不是那麼好挫的，哪怕之前邢陌言皇子身分尚未揭露，和朝中一些大臣們關係也都不錯，如今邢陌言身分地位穩固，加上還是大皇子，儲君也沒立，那些大臣們又不傻，自然有很多向著邢陌言。

不和邵安行鬥了之後，邵安炎卻沒有反過來對付邢陌言，他和邢陌言等人的關係如何，朝中有很多人都清楚，也因此覺得邵安炎可能在乎之前的關係，不好真正的撕破臉，但肉眼可見的，邵安炎和邢陌言等人還是不怎麼聯繫了。

要說能力才幹，邵安炎並不輸給邢陌言，只是少了一些邢陌言身上的果敢狠決，甚至不如邵安行來得果斷，雖聰慧有能力，但仍舊稍顯稚嫩。

這邊鬥得如火如荼，邊塞戰事卻有些吃緊，弓弩還沒大批打造出來，邊關的情況已經有些嚴峻了，等不及要向皇上請求派兵增援。

令人驚異的是，邢陌言竟然在這個時候挺身而出，上請帶兵去邊關。

如今皇上雖然還沒有表態，但誰都知道這個階段是立儲君的關鍵時期，在這個關鍵時期，邢陌言竟然要帶兵去邊關？哪怕手裡能握有兵權，可邊關距離這裡如此遙遠，到時候京城發生什麼事情，傳到邊關的時候，黃花菜都涼了，更別說還要趕回來。

邢陌言這是腦筋打結，突然搞這齣？

可皇上竟然也答應了。

對此，朝臣們都有些摸不著頭腦，但既然邢陌言決定要退出京城紛爭的局面，那就且看邵安炎和邵安行兩位皇子的了。

邢陌言要走，且皇上已經應允，這就成了板上釘釘的事情，而一打聽，不僅邢陌言要走，隨行的人竟然還有顏末。

一個女人去邊關能發揮什麼作用？這位新任皇子不會腦子發昏，為了女人就不要其他了吧。

這樣想的不在少數，在這個節骨眼上遠去邊關，還要帶一個女人，怎麼看都有種退讓的意味。

外面的人如何想，顏末和邢陌言都不在意，此時顏末有些頭疼的看著抱著她痛哭的江月，不知道該如何是好。

「嗚哇——」江月哭得肝腸寸斷，好似生離死別一樣。「末末啊，妳怎麼能狠下心腸離開我，妳這一走，都不知道什麼時候能回來呢，我好捨不得妳，不然我乾脆和妳一起去了吧。」

鍾誠均忍著江月在顏末懷裡揮灑淚水，聽到最後一句實在忍不住了，趕忙將江月拉了回來。「去什麼去，妳倒是捨得我了。」

江月抽抽鼻子，瞥了眼鍾誠均，小聲嘀咕。「我就這一個好姊妹。」

「妳還就我一個未婚夫呢。」鍾誠均氣不過，他覺得顏末去了邊關也好，這位姊姊女扮男裝的時候，成天吸引江月的注意力，不過兩人倒是注意保持著距離，結果等恢復女裝之後，距離什麼的都沒了，要不是顏末後期和邢陌言膩在一塊兒，他少不得要吃味。

想著這些，鍾誠均看向邢陌言。「你這一走，指不定什麼時候能回來，我們時常通著信。」

雖然剛開始知道邢陌言皇子身分的時候，鍾誠均的確驚訝，但也很快就接受了，邢陌言非池中物，成為天家之子，好似也是應當的。

「一定。」邢陌言點頭。

陸鴻飛在旁邊笑道：「你這一走，直接拐走了顏末，大理寺該缺人了。」

邢陌言將手按在陸鴻飛肩膀上。「大理寺有你，辛苦了。」

在他身分被揭露的時候，陸鴻飛知道後，並沒有像鍾誠均那樣吃驚，想來多少有些猜測，如今陸鴻飛任大理寺卿，也是邢陌言向皇上極力舉薦，有他在，大理寺仍舊會成為邢陌言的後盾。

第五十五章

臨走前，陸鴻飛約邢陌言在一處說話。

「你想好了嗎？」陸鴻飛低聲道，並未將話說得太明，但他清楚邢陌言一定能懂。

「我對那個位置無意，但若沒有退路，坐也無妨。」

陸鴻飛有些遲疑道：「邵安炎呢？他現在沒有動作，不代表以後沒有。」

「所以我不會將主動權讓出去。」邢陌言拍拍陸鴻飛肩膀。「放心，若有那麼一天，我們兩個需要針鋒相對，也不會叫你們為難。」

陸鴻飛搖頭，嘆息道：「你心裡有底就好。」

行進在邊關的路上，顏末和邢陌言都坐在馬車裡。

「二殿下還未表明態度？」顏末偎在邢陌言懷裡，一邊看書，一邊問道。

「他若是同意和我們合作，未來就算登基為皇，也不安穩，怎麼可能這麼快表明態度。」邢陌言輕聲道，語調不甚在意，彷彿聊的不是什麼大事。

顏末嘆了口氣。「也是，臥榻之側豈容他人鼾睡，有你在，邵安炎就算做了皇帝，也不會安心。」

邢陌言伸手勾住顏末的一縷秀髮，眼眸有些幽深。

從邢陌言懷裡抬起頭，顏末微微皺眉。「我覺得讓他同意和我們合作，這未免有些強人所難，如果他到最後仍舊不肯，也不願意相信你對那個位置沒有念想，那我們……」

「妳想怎麼做？」邢陌言低頭問道。

顏末挑了挑眉。「我先前說自己討厭麻煩，但麻煩找來，我也不懼。」

「如此甚好。」邢陌言勾起嘴角，低頭吻了下顏末的額頭。「現在說什麼還都太早，先走著吧。」

還有一點邢陌言沒說，他雖然不執著於皇位，但絕不允許有人覬覦顏末，若是邵安炎登上皇位，願意與他合作還好，若是他有其他心思，想著不該想的事情，那便不要怪他不客氣了。

正如顏末所說，他也討厭麻煩，但如果麻煩找來，他也不懼。

自從端王去了邊關，京城似乎逐漸恢復了平靜，加上端王到邊關後，打了兩場勝仗，帶回不少喜訊，除此之外，顏末的名字多次被提起。

「聽說了嗎？那位顏軍師，多虧了有她在，派出去潛伏的人一個都沒被發現，打探了許多消息；甚至能扭轉戰局，也都多虧了這位顏軍師。」

「不僅如此，邊關現在使用的改進弓弩，也多虧了這位顏軍師。」

「還有還有，聽說這位顏軍師有一暗器非常厲害，一次行軍，那哧部的哈達王親自埋伏，結果被顏軍師爆頭了，哈達王可是草原上的神箭手，連我們的大將軍都著了道，結果竟然死在顏軍師手裡，真叫人唏噓啊。」

「是啊，這位顏軍師還是個女流之輩，當初被端王帶去邊關，還以為端王……咳，沒想到端王早有謀略，竟早就看出了顏軍師有奇才。」

「嘖嘖，你們是不知道，顏軍師在京城大理寺的時候，辦案手段也是一等一的好呢。」

「……」

邵安炎聽著下人彙報近日京城的各種傳言，神色越發晦暗不明，半晌，擺手讓人下去，自己倒了杯茶喝著。

邢陌言和顏末去邊關已經有半年多了，這短短半年的時間，足以改變很多事情。

正想著，下人又過來傳報，說是三殿下來了。

邵安行進來的時候，手裡拎了一壺酒。「二哥在喝茶？喝茶有什麼意思，不如來和我喝杯酒。」

邵安炎瞥了邵安行一眼，沒有說話。

邵安行笑笑，自顧自坐在邵安炎身邊，拿著空酒杯給邵安炎倒酒。「二哥聽聞最近京城的傳言了嗎，那個顏末，可真叫人刮目相看，帶來了很多意外之喜，不是嗎？」

「你想說什麼？」邵安炎放下手中的酒杯，目光冷淡的看著邵安行。

邵安行並不在意邵安炎的臉色，笑著喝了口自己帶來的酒，這才道：「二哥不是挺屬意顏末的嗎，結果人家死心塌地的跟著我們那位大哥去了邊關，不僅如此，有顏末在，我們那位大哥在邊關可是混得如魚得水啊。」

邵安炎掀起眼皮看了看邵安行。「大哥在邊關如何，靠的都是他的能力。」

邵安行嗤笑一聲。「你倒是向著他。也是，在他還沒成為皇子的時候，你們兩個的關係是很不錯，可是他成了皇子，還是如今的端王，你還指望他和你親近嗎？」

面對邵安行的嘲諷，邵安炎只垂下雙眸，並未搭話。

邵安行瞇起雙眼，湊近邵安炎，低聲道：「二哥，你知道邊關百姓都怎麼說我們那位大哥嗎？他可是深得民心啊。」

「那又如何。」邵安炎低聲道。

「那又如何？二哥這是要和我裝傻到底了？」邵安行臉色終於沈了下來，將裝滿酒液的酒杯砰的一聲放在桌子上。「明明先前只有你和我兩個，結果突然冒出個邢陌言來，還來勢洶洶，你聽聽如今京城裡的聲音，那顏末在邢陌言身邊，可沒少出力，都傳到京城這裡來了，現在百姓們一片叫好聲，你難道就不著急？」

「那又如何。」邵安炎還是這句話。

邵安行怒極反笑。「好、好，看來二哥是鐵了心要和我裝傻到底，那今天就當我沒來過好了，不過我奉勸二哥一句，你若不和我聯手先將人扯下去，將來後悔莫及。」

「就不勞三弟費心了。」

邵安炎這副不鹹不淡的樣子，徹底惹怒了邵安行，他一拍桌子，氣得轉身離開了。

待邵安行離開之後，邵安炎拿起裝滿酒液的杯子，將杯裡的酒灑在地上，低聲道了句。

「不倫不類。」

誰都沒想到去邊關的大皇子，竟然有一飛沖天的氣勢，如今京城兩位皇子還沒造出一番實績來，大皇子在邊關已經打贏了好幾場勝仗，這就不得不讓人唏噓了。

想來當初大皇子去邊關的決定，竟然是有遠見有謀略的，一時間，邢陌言又進入了京城眾人的視野，自然有些人開始急了。

夏日已過，秋季來臨的時候，皇上得了風寒，一病不起，病去如抽絲，這場病斷斷續續的，好了之後，皇上的身體也大不如前，精力不太好了，看樣子也有意要選出儲君了。

邵安炎和邵安行都開始接觸朝政，而皇上並沒有明確表現出來要選哪位皇子，一時之間，朝廷上眾人心思各異，都在想著要如何選邊站。

而這時候，皇上一道詔書下來，要陌言回京。

邊關戰事雖然在邢陌言的帶領下不太吃緊，但情況也不是很樂觀，這個時候讓邢陌言回來，誰也不知道皇上究竟在想什麼。

「我們什麼時候回去？」顏末站在邢陌言身邊，看著他手裡的聖旨問道。「現在京城形勢不好，邊關形勢也不好，皇上這個時候把你叫回去，又想讓你牽制另外兩個皇子，難道他就不擔心邊關這邊又陷入危機？」

邢陌言冷笑一聲。「他擔心什麼，他最擔心的是自己的位置。」

將聖旨扔到一邊，邢陌言轉頭給顏末整理下披風，雖然現在還沒入冬，但邊關已經冷起來了。

細細打量顏末，在邊關這半年，顏末變化之大，讓他這個時時刻刻都在身邊的人都看得出來，比起在京城時，在這裡的顏末，更能將自己的真性情釋放出來。

光彩照人，鋒芒畢露，果決幹練，時常讓人移不開眼睛，也讓人越來越有危機感，生怕有太多的視線聚集在顏末身上，怕有太多的人開始注意到這個寶貝。

邢陌言低嘆一聲，伸手掐了下顏末的臉蛋。

「你幹麼？」顏末揉了揉自己的臉，看著邢陌言的神色，失笑道：「怎麼又不高興了。」

邢陌言埋頭在顏末肩膀上，沈默著撒嬌。「真想把妳藏起來，不想帶妳回京城。」

「為什麼？」顏末不解的歪頭，伸手捏著邢陌言的耳垂。

他們兩個有許多親暱的小動作，在邊關這段時日以來，兩人的感情越發好了。

邢陌言哼了一聲未開口，不想回答，是因為不願讓顏末知道，她現在的氣質品貌，足以讓京城那些沒見過世面的公子哥感興趣，他都能想像得到，等顏末回到了京城，可以吸引多少人的視線，這讓他想想都覺得鬱悶生氣，無法接受。

還是當皇帝吧，雖然要面對的麻煩太多，但至少皇帝的女人沒有人敢覬覦。

邢陌言在心理陰惻惻的想著事情，耳垂突然被顏末重重捏了一下，更覺委屈，不由微微抬起頭，無聲詢問譴責著。

「你知道你這個大腦袋有多重嗎。」顏末推了推邢陌言的腦門。「快起來。」

邢陌言沈默。「……」委屈到無以復加。

看著邢陌言一臉「妳是不是不愛我了」的表情，顏末微笑著拍拍對方的狗頭，並讓對方趕緊去處理事情，不管怎麼說，聖旨已經下了，就算拖著不動身，早晚也得回去，所以邊關的事情要事先安排好。

許是急著將邢陌言召回來，皇上竟然接連下了兩道聖旨，無法再耽誤下去了，邢陌言只好帶著顏末趕回京城。

京城門口，江月拉著鍾誠均早就在那裡等待，急不可耐。「我還以為末末短時間內回不來呢，沒想到這麼快就回來了，好想她。」

鍾誠均哼了一聲。「幸好這個時候回來了，不然我們的婚禮又要往後延。」

「還生氣呢！」江月回頭看鍾誠均，臉上笑嘻嘻的。「我不就想讓末末也參加我們的婚禮嗎？而且不是末末，爹爹也不可能這麼快同意我們兩個成親。」

這倒也是……鍾誠均咂咂嘴，無話可說。

臨走的時候，江月和顏末秉燭夜談，談到了她和鍾誠均的婚事，又說了她爹爹的擔憂，顏末好一頓勸告加解說，讓江月意識到她爹爹真正的隱憂是什麼，於是回去越加孝順，也和自家爹爹談了心，不僅如此，也讓鍾誠均幾次表態，於是江翰林終於鬆了口。

江月和鍾誠均的婚期定在年底，正巧顏末和邢陌言回來了，不然兩人還想將婚期拖一拖，反正好日子時常有，如果不能讓顏末和邢陌言參加婚禮，總歸會留下遺憾。

城門口終於出現了兩人的身影，江月神色一亮，立即朝馬上的人招手。

時隔半年之久，顏末連騎術都熟練了，坐在馬上英姿勃發，看上去好令人心動。

江月捧著微紅的臉。「我家末末真是帥極了。」

鍾誠均氣得伸手掐江月的後脖子，但也不得不承認，顏末真是變化很大。

臨街的茶樓二樓，邵安炎站在窗戶後，看到熟練從馬背上翻身下來的顏末，還有對方明媚的笑容，眼神不由得閃了閃。

這半年來，每每回想起顏末這個人，都讓他有種心癢難耐的感覺，從未有過這樣一個女子讓他牽腸掛肚，邵安炎不知道這是不是愛情，但至少，他清楚自己想要得到顏末。

第五十六章

翰林院掌院的千金和定國公之子要成親了，這可是京城一大盛事，聽說不僅朝廷顯貴要去參加婚禮，就連皇上都賜了不少禮物下來，幾位皇子也會去參加婚禮。

距離婚禮還有幾日，這幾天，顏末一直都住在江月家裡，陪伴江月，幫忙準備婚禮的一應東西。

婚禮服上的一些花樣都是江月自己縫上去的，手指頭都扎出好幾個洞洞，按照江月的說法，雖然技藝不佳，但自己親手繡的樣式，看著就是喜歡。

江月還給顏末準備了一套衣服，聽顏末說過伴娘服，她就起了心思，竟然準備了一套桃粉色的衣裙，看得顏末眼角直抽抽。

「不管，反正那天妳必須穿這套裙裝。」江月理直氣壯地抱著顏末的胳膊。「是妳說無條件支持我的，還有，那天我要末末妳幫我化妝。」

顏末有些懷疑。「我還從來沒穿過桃粉色的衣服，能好看嗎？會不會有些奇怪。」

「有什麼奇怪的。」江月摸摸攤放床上的桃粉色衣服。「這樣式可是京城近來非常流行的大襬裙，妳穿上肯定好看，而且大皇子都回來了，妳一點不心急啊，京城那些貴女們，可都準備起來了。」

「嗯？」顏末偏頭去看江月。

江月嘟著嘴。「我都打聽過了，明明是我成親，結果那些來參加的女人們，竟然都開始做新衣、買胭脂水粉，其心可誅！是想要在婚禮上搶我風頭吧，想勾引誰呢！」

顏末噗哧一聲笑了出來。「放心，有我在，肯定不會讓人搶了妳的風頭。」

「嗯嗯。」江月喜笑顏開的抱著顏末。「我可都聽說了，在邊關有好幾次多虧了末末妳出神入化的化妝技巧，派出去的幾個臥底，都打探了不少消息，還有妳那些臥底技巧，以及問話手段，聽聞撬開了不少硬骨頭的嘴。」

好一通吹捧，讓顏末都有些哭笑不得。「怎麼京城傳了這麼多消息。」

「畢竟去邊關的可是位皇子。」江月小聲道：「如今大皇子在邊關的種種表現已經被人看在眼裡，更何況他身邊還有一個妳。你們究竟如何打算，若還是像之前那樣想置身事外，恐怕也不行了。」

形勢不由人，最怕你不想，卻沒人相信。

半年之前，顏末想得有些簡單了，哪怕明白這個道理，也不願多往壞處想，可是在邊關經歷了很多事情、很多險情，見過許多苦難悲情，她明白了一個道理，在這個時代，強權才是一切。

以往的想法還是太天真了些，躲避麻煩雖然可能會輕鬆，但不可能輕鬆一輩子。

也就邢陌言能給她時間，讓她自己想通。

「真是隻大尾巴狼。」顏末低聲道。

「嗯？」江月不解的看著顏末。

顏末搖搖頭。「要如何做，我聽陌言的。」

「末末，妳要當賢妻啊。」江月笑著調侃道。

「不是當不當賢妻的問題，而是他想得比我深遠。」顏末慣用現代人的思維想事情，潛意識裡想要追求平穩，所以當初她想的是，既然邢陌言對那個位置沒有意願，也許可以和邵安炎合作。

可就像當初離開時她說的那樣，邵安炎不可能讓身邊有威脅存在，可她那個時候到底還是有些優柔寡斷，想不明白。

邢陌言想得明白，但從未反駁過她的話，因為他懂她，知道給她時間去理解，很多時候，不是想不想的問題；他們想要自由，主動權就要掌握在自己手裡。

而這個主動權，最顯而易見的就是那個位置。

可永遠被拘在深宮裡，就是她想要的嗎？

也許當初猶豫不決，也是因為她潛意識裡不想一輩子都待在深宮裡吧。

這些不願，顏末還未和邢陌言談過，因為現在的形勢由不得他們任性，稍有不慎，就要付出性命的代價，所以顏末不想讓自己的這些想法干擾到邢陌言的決定。

輕輕嘆了口氣，顏末托著下巴有些發愁。

婚禮當天，顏末穿上桃粉色的衣裙，幫滿身紅衣的江月細緻的化著妝，心情也不由得激動起來。

而江月不僅激動，還顯而易見的緊張，手帕絞在手中，已經繲繲巴巴，都不知道該怎麼辦才好。

「還有一刻鐘的時間，迎親的隊伍就要來了，到時候就要接妳去定國公府了。」顏末看江月緊張到不行，還故意提醒對方。

「末末，妳還嚇我。」江月咬著唇，視線左右晃了晃。「我爹呢？」

「聽說在外面哭呢。」顏末忍不住笑，剛才江翰林過來，就站了一小會兒，看著江月穿著大紅嫁衣，眼眶驀地就紅了，話都說不出來，轉身就走了。

江月衣著繁瑣，不好動彈，顏末就跟了出去看看情況，聽丫鬟說江翰林正躲在假山後面，疑似在抹眼淚。

聽聞自家爹爹哭了，江月也紅了眼眶，要抹眼淚，結果顏末一句小心妝花了，又讓她把眼淚憋回去了，想想，還是妝容最重要，她今天可要做最美的新娘子。

想來江老爹只能大嘆：女大不中留。

看著江月穿著新娘嫁衣，蓋上蓋頭的一剎那，顏末也有些恍惚，來這裡已經很久了，結交了要好的姊妹，如今姊妹都要結婚了，可真是讓人唏噓。

外面吹彈奏樂，顯然迎親的隊伍已經到了，顏末回過神，讓江月的奶娘照看好她，自己提著裙子跑出去，看到假山後的江翰林，開口招呼了一聲。

「新郎官來接人了。」

江翰林渾身一震，抬手把眼淚抹乾淨，挺直背脊，立即朝門外趕去。

話說新郎官要來這裡接走新娘子，可不是那麼容易的事情，必須過五關斬六將呢。

顏末笑著跟在後面，等著看一會兒江翰林怎麼為難鍾誠均。

邢陌言和陸鴻飛也跟著迎親的隊伍來了，此時就站在門口，兩人都笑著看鍾誠均滿頭大汗的被折騰，兄弟情誼是什麼，這時候早忘得一乾二淨。

顏末繞過江翰林和鍾誠均，跑到邢陌言身邊，跟著一起看熱鬧。

邢陌言自然而然的拉起顏末的手，低聲道：「娶個親這麼費事。」

「怎麼，你嫌費事？」顏末歪頭看邢陌言。「如果輕易娶到手，那就不珍惜了。」

「怎麼會。」邢陌言捏顏末手心，側頭認真看著對方。「能答應嫁給我已是不易，怎麼會不珍惜。」

顏末微紅了臉，輕聲嘟囔。「誰答應嫁給你了。」

邢陌言笑著不說話，只拉緊了顏末的手。

陸鴻飛站在旁邊瞥他們兩個，默默拉遠了點距離。

大喜的日子，就算江翰林想要為難人，也不可能一直為難下去，最後還是被邢陌言和陸鴻飛勸住了，好讓鍾誠均接了新娘子。

去定國公府的路上，顏末想要騎馬，但邢陌言死活不肯，非要把顏末塞進轎子裡。

「人家新娘的轎子在前面呢，我也進轎子裡像什麼話。」顏末就納悶了，回京的路途，她也是一路騎馬，怎麼就沒見邢陌言不樂意。

邢陌言皺著眉，偏頭看了顏末一眼，還是堅持讓顏末進轎子。

「你別鬧了。」顏末拽著邢陌言的衣袖晃了晃。「我坐轎子真不合適。」

「那也不能騎馬。」邢陌言吐出一句來，眉頭皺得可緊，像是憂心國家大事一樣。

「難道你要我走著去定國公府？跟在你們馬屁股後面？」顏末實在忍不住，踹了邢陌言一腳。「你要是點這個頭，咱們近期別見面了，我怕對你家暴！」

「不是……」邢陌言被踢了，還有些委屈，又沒法說什麼，只能有些氣急敗壞的扯住顏末的袖口。「這條裙子到底是誰給妳的？我不記得妳有這麼鮮嫩的裙裝，穿起來像什麼樣子。」

「不好看嗎？」除了大紅色，顏末確實很少穿鮮嫩顏色的衣服，現在想想，好像大紅色的衣服她也很少穿了，她對衣服不怎麼上心，平日都是邢陌言買給她，好像確實沒有這樣顏色的衣服。

邢陌言低哼一聲。「好看什麼，招蜂引蝶的。」

「嗯？」

「有沒有衣服可換掉？」

顏末瞇起眼。「沒有！」

「那就走著去……」邢陌言見顏末的臉色，連忙補充道：「我陪妳一起。」

「你別鬧了。」顏末推了推邢陌言。「趕緊上馬走人了。」

「不行——」

「不就是吃醋了。」顏末斜睨邢陌言。「再說不行，不給你留面子了。」當誰不知道你那點小心思。

邢陌言被威脅著閉上嘴，半晌跟上顏末的腳步，小聲道：「非得說出來幹什麼。」

顏末翻了個白眼，不理會身後的人，逕自翻身上馬，粉桃色的裙襬隨風飄揚，顏色鮮亮，襯得穿衣人也越發讓人挪不開眼，也襯得邢陌言的臉色更加醋意盎然。

好不容易到了定國公府，見到一圈人盯著顏末看，其中還有站在首位的邵安炎，邢陌言的臉色更加不好看了。

他就知道。

在京城裡，美貌有什麼稀奇的，除非真跟天仙一樣，史上絕無僅有的美貌，才會叫人覺得特別，不然京城這些公子哥兒，什麼樣的美貌沒見過。

牡丹花、月季花、杜鵑花，別管什麼花，只要是京城養的名種花，這些人都見多了，所以稀奇的霸王花一旦出現，就越發讓人挪不開眼。

這是最特別的那個，絕無僅有，如果能採摘到手，得讓多少人羨慕。

若邢陌言還是以前大理寺卿的身分，少不得要被人打趣，果真是有先見之明，有眼光，知道這朵花有多珍貴，提前採到了手裡。

還好他現在是皇子，也是王爺，往那裡一站，攬著顏末的手，就沒人敢多說什麼，眼神也不敢太放肆，只不過顏末今天難得穿了一件粉桃色的衣裙，張揚的色彩與柔和相結合，雖矛盾，但也奇異的雜糅在一起，飛揚又豔麗，還帶著女兒家的粉嫩和美好，讓人不注意都不行。

就像吃人的霸王花突然柔順起來，有了能靠過去的空檔，就讓人忍不住想要撩撥。

邵安炎的目光從顏末出現開始，就一直沒挪動過，眼神放在顏末身上，像是品味著什麼、衡量著什麼。

「二哥，顏末今天這裝扮很好看，對吧。」邵安行湊過來說道。

邵安炎這才挪開目光，瞥了邵安行一眼。

邵安行摸著下巴，品評道：「我也覺得今天這身裝扮不錯，咱們大哥平時藏得還挺深，沒想到顏末穿這樣顏色的衣裙別有一番趣味。」

「夠了，別說了。」邵安炎皺緊眉，不想繼續這個話題。

「為什麼不說。」邵安行惡劣的笑起來。「你剛才眼神在人家身上都移不開來了。」

「邵安行！」邵安炎低斥一聲。「閉嘴。」

邵安行冷笑，不理會邵安炎，朝顏末那邊走過去。

新娘子被送進定國公府，就沒顏末的事了，此時她正站在邢陌言身邊，看著周圍盛裝打扮的貴女們，著實有些頭疼。

就像邢陌言防備她身邊出現心思不軌的人一樣，她也盯牢邢陌言身邊出現的人。

不過再怎麼防備，對某些人也還是沒辦法，就比如皇子身分擺在那裡的邵安行等人。

「邊關水土難道是養人嗎？怎麼顏末去了邊關一趟，回來顏色更加喜人了？」

邢陌言臉色一寒，看著邵安行。「想必三弟是看錯了，邊關天寒地凍，能有什麼好顏色看。」

邵安行笑了笑，轉眼看向顏末。「妳跟了我大哥這麼久，倒是被滋潤得越發好了。」

第五十七章

「邵安行！」邵安炎從邵安行身後過來，聽到邵安行如此不客氣的話，臉上的神色著實不怎麼好看。「你瘋了不成，竟然說這種話。」

「我說什麼了。」邵安行一抬眸，瞥見邢陌言冰冷刺骨的眼色，心下突然一顫，隨即又強撐道：「不過是大哥身邊服侍的人罷了，大哥不會和我生氣吧。」

在邢陌言還未恢復皇子身分的時候，他就極不喜這個人，好似從未將他這個皇子看在眼裡過，一點都不尊重他，沒想到有朝一日，這人竟然和他平起平坐，更讓邵安行心有不甘。

如今藉機欺辱顏末，邵安行就不信邢陌言會在眾目睽睽之下反駁他的話，否則豈不是承認了顏末對他而言異常重要，即使顏末如今讓人無法忽視，但也不足以成為一個親王的正妃。

那些大臣們都看著呢。

可下一秒，邢陌言毫不猶豫的將顏末拉到自己身旁，寒著臉，以從未有過的冰冷神色，冷聲道：「三弟大概誤會了，末末不是我身邊服侍的人，她是我的未婚妻，這一點，我很早之前就說過，你這樣說我的未婚妻，難道還想我不生氣？」

邵安行驚異的看著邢陌言，就連邵安炎都訝異的看著邢陌言。

這可不僅表明了顏末對他的重要性，還直言顏末會是他明媒正娶的妻子。

這麼多大臣在這裡，這些大臣們的女兒也都在，如今邢陌言當著大傢伙兒的面表態，難道不怕勸退有心站隊的人？

不過不提這些大臣們如何想，邢陌言這算是徹底不給邵安行面子了，邵安行臉上也不好看，氣氛一時陷入膠著。

邵安炎看向顏末，就見顏末站在邢陌言旁邊，作為當事人，一點站出來說和的意思都沒有，彷彿一點都不在意邵安行會將怒火發洩在她身上一樣。

他低下頭笑了笑，似乎從以前開始，顏末對他們這些皇子，向來就不會卑躬屈膝，她在他們面前，從來都是挺直腰背，哪怕低著頭的說著話，眸子裡也沒有添進去多少恭敬。

也難怪邢陌言會看上她，這樣的女人，不就是翻版的邢陌言嗎？

今天是鍾誠均大喜的日子，顏末和邢陌言都不想將事情鬧得太難看，但邵安行言語間對顏末的侮辱，故意挑釁的態度，也讓人無法忍受，不過現在邢陌言當眾表了態，就直接將邵安行擺到了尷尬的位置。

邵安行還是要面子的人，知道自己在這裡不受歡迎，便冷笑著離開了。

等邵安行離開後，氣氛明顯好了不少，不過眾人看向邢陌言和顏末的目光完全不一樣了。

魏婉兒捏著手絹，在人群周邊咬著牙，目光在邢陌言和顏末身上看了半晌，只見這兩人形影不離，好似誰都插不進去一樣，終究是不甘的咬牙轉身，眼不見為淨。

晚上洞房還是要鬧的，雖然鍾誠均一再請求兩個兄弟大發慈悲一下，但作為好兄弟，怎麼可能聽話，好不容易娶到的媳婦兒，要吃到嘴真是太不容易了，更何況還有虎視眈眈的岳父大人。

不過最後眾人還是體貼的放鍾誠均進了洞房。

這場婚禮鬧到很晚，邢陌言喝了不少酒，狀態微醺，牽著顏末的手往回走，說要送顏末回大理寺，然後自己再回府。

雖然顏末還住在大理寺，但邢陌言已經在外建府。

「真好。」顏末想著今晚江月和鍾誠均終於成親，很有些感嘆。

「我們會更好。」邢陌言拉著顏末的手晃了晃，這其實是顏末的小動作，如今讓他學了去。

顏末抿嘴笑，輕輕嗯了一聲。

不過兩人都知道，他們兩個想要成親，前提是一切要塵埃落定。

皇上的身體越來越不好了，可能也正巧天氣越來越冷，那次風寒過後，隨著氣溫降低，虛弱的身體不太適應溫度的變化，一連幾個月都沒恢復，好不容易好點了，人看上去也憔悴不少。

近期已經有大臣聯名讓皇上選立儲君，為安天下太平，皇上真正想法不得而知，但沒說好，也沒說不好，相當於默認了，於是底下動作越來越頻繁。

邢陌言從邊關回京，應該算是最有利的競爭者，但他在定國公府說的一番話，著實勸退了不少人，如果不能從邢陌言身邊撈到好處，誰又願意支持他。

最有利的聯盟便是結親，成了一家人，自然要相互扶持，但如果自家人要被一個外來女比下去，那肯定有很多人不願意。

不僅這些人不願意，皇上也不滿意，但如今顏末在邊關已經闖出了名號，皇上也不好像之前那樣對待顏末，且因為顏末在邊關的功勞，還得要封賞。不過對於邢陌言的婚事，還是沒有鬆口。

近日京城又流言四起，起因是之前關於顏末的傳言，不知道怎麼繞到了邢陌言身上，這位新晉上位的端王，為什麼在恢復皇子身分後，沒多久就去了邊關，說是皇上心虛又愧疚，不好將人留在身邊，於是就讓人去了邊關。

至於為什麼心虛又愧疚，這和當年的巫蠱之禍有關，聽說當年的巫蠱之禍有重大冤情，這其中涉及了貴妃和一干重臣，皇上捨棄了貴妃，保下了重臣，就連自己親生兒子都捨棄了，不過眼看著兒子越長越優秀，比其他兩個還要優秀，這不是又起了心思。

皇上想要立邢陌言為儲君，所以才找個由頭恢復了邢陌言的皇子身分，但因為對不起邢陌言的母妃，所以心虛，不好將人留在身邊，便將人派去了邊關。

現在讓邢陌言回來，不就因為又到了立儲的時候嗎？

說得有鼻子有眼，加上半年之前那件和巫蠱之禍有關的案子還是邢陌言辦的，所以在半年之後，有關邢陌言的身世和當年巫蠱之禍的冤情，又在京城百姓間流傳了起來。

這一次不知為何，傳言越演越烈，幾乎到了人盡皆知的地步，更何況當年巫蠱之禍留存下來的老人都還在，親身口述，更為這傳言增添了許多談資。

皇上名譽受損，知道這件事的時候，氣得幾欲昏厥，想了想，決定將這件事交給邵安行去處理。

邵安行做事雷厲風行，且當年巫蠱之禍被保下來的重臣裡，可是有姚家，所以他處理起來一點情面都不留，很快，傳言就被平息下去了。

但重壓之下必有反彈，皇上不僅沒有給出當年調查的真相，反而直接叫人平息流言，這難道不是心虛嗎？不敢公開討論，私下裡說說總行吧。

畢竟當年巫蠱之禍鬧得太大，此時出現了諸多疑問，輿論難以平息，更有甚者，一些文人還寫了文章議論當年的巫蠱之禍。

這些文人的筆桿子更鋒利，且仗著他們有功名在身，更是無所畏懼，但邵安行可不是個安分的主兒，不聽勸，還是綁了幾個文人，想藉此殺雞儆猴。

但這就像導火線一樣，不僅沒產生作用，連先前被鎮壓下去的流言都紛湧而出，像是要反抗什麼一樣，討論得更激烈了。

而還不等邵安行再動作，邢陌言到大理寺申請重提當年巫蠱之禍案子的舉動，更是讓京城掀起了滔天巨浪。

當年被拋下的皇子親自站了出來，說要重審巫蠱之禍，在風口浪尖中挺身而出，一下子得到了眾多百姓的支持，那些文人們像是找到了靠山一樣，對於當年巫蠱之禍種種疑點和抨擊如泉水般滾滾而出，一股腦的傾軋而來，讓人措手不及。

這下，皇上終於不能置身事外了，將怒火發洩在辦事不力的邵安行身上，以拘捕文人為由頭，怒斥之後，還勒令邵安行閉門思過兩個月，而後，皇上親自召見邢陌言。

誰都不知道皇上和邢陌言談了什麼，但據說在邢陌言離開之後，皇上在書房摔了一地東西。

因為聲討的勢頭太大，雖然皇上還沒表態，但陸鴻飛已接下了這個舊案。

當天晚上，邵安炎找來了。

「殿下是想為皇上做說客嗎？」顏末看著邵安炎問道。

邵安炎坐下，指了指桌上的茶杯。「我來這裡也算做客吧，不倒杯茶嗎？」

顏末笑了笑，走上前給邵安炎倒茶。「看來殿下不是為皇上做說客的。」

邵安炎本來正盯著顏末倒茶的動作，聞言驚訝的挑了挑眉。「為什麼這麼說？」

「如果是為皇上做說客，殿下應該沒有閒心喝茶吧。」說著，茶也倒好了，顏末將茶杯推到邵安炎面前。

邵安炎接過茶喝了口，勾起嘴角笑了下。「這茶味道不錯。」

「嗯，我和陌言從邊關帶回來的，那裡的茶和京城有所不同。」顏末順勢回答道。

邵安炎臉上的笑容淡了下去，放下茶杯，問道：「他人呢？」

「要重審當年的案子可沒有那麼容易，陌言和陸大人他們最近都很忙。」顏末其實也忙，忙著和朱小谷等人查卷宗，連豌豆三個小的都來幫忙了，隨著他們三人越來越懂事，當年的事情，也不可能瞞著他們了。

「妳也知道不容易。」邵安炎嘆了口氣。「要重審當年的巫蠱之禍，妳知道會面臨哪些阻擾和困難嗎？這可不僅僅是不容易那麼簡單。」

「觸犯了太多人的利益，自然不簡單。」顏末輕聲道。

「那你們……」邵安炎皺眉。

「難道明知道有冤情，還要視而不見嗎？更何況當年巫蠱之禍連累了那麼多無辜之人，已經不單單是冤案那麼簡單了。」顏末正色道。

邵安炎臉色複雜。「妳是為了大哥……」

顏末搖搖頭。「不是，就算和陌言沒關係，我也想把這個案子調查清楚，我們都想。」

邵安炎閉了閉眼睛。「現在好多人都對此避之唯恐不及，妳和巫蠱之禍一點關係都沒有，何必上趕著扯上關係，哪怕妳現在有官職在身，可若有人想動妳，還是能辦到。」

顏末歪歪頭。「殿下是在關心我？」

邵安炎手指在茶杯上轉了兩圈。「還記得在望香樓那次嗎？我還是那些話，大哥不適合妳……」

「那誰適合？你嗎？」

門口傳來一道低沈的聲音，聽著不甚高興。

顏末和邵安炎轉頭看過去，就見邢陌言走了進來。

「陌言。」顏末站起來，走到邢陌言身邊，晃了晃對方的袖子。

邵安炎也站起來，目光直視邢陌言。「你知道如果這次你失敗了，不僅不能翻案，連父皇對你的那點愧疚，估計也會散得一乾二淨。」

「你怎知我會失敗？」邢陌言冷笑著反問，伸手握緊顏末。「不要操心到我身上，不要覬覦我的人，末末和你沒有任何關係，不需要你來關心。」

邵安炎臉色難看起來，轉頭看了顏末一眼，目光又回到邢陌言身上。「她是你的人，可你現在連名分都不能給她。」

邢陌言臉色也難看起來，剛想說什麼，就被顏末扯了下手。

顏末看著邵安炎問道：「那殿下可以給我名分嗎？」

邵安炎一愣，隨即點頭。「我……」

「殿下給我的名分，是正妃之位嗎？」顏末搶先道。

邵安炎皺眉。「我已有正妃。」

「可以和離，或者休妻。」顏末平淡的回答道。

「可妳……」

顏末反問。「殿下是覺得我的身分不配成為你的正妃嗎？」

「顏末，我不是這個意思，只是妳的身分不足以……」邵安炎有些急著辯解。

第五十八章

顏末卻歪頭看向邢陌言。「你怎麼看？」

邢陌言從顏末剛才出聲問邵安炎的時候，眉頭就皺得死緊，此時放鬆下來，回望顏末，認真回覆道：「一生一世一雙人，我給出的承諾不會變，妻子是妳，再無他人。」

顏末笑起來，滿意的點頭，然後看向邵安炎。「殿下，你還不明白嗎？陌言不是給不了我名分，如果他不在意我，完全可以給我一個妾的身分，相信皇上不會反對，可是他沒有，而是等著機會給我一個名正言順的妻子身分，而這點，你做不到，更別提一生一世一雙人了。」

邵安炎神情愣怔住，帶上震驚，一時有些說不出話來。

「也許殿下覺得我特別，所以對我感興趣，但我想要的，殿下給不起。」

邵安行被禁足，邵安炎則完全不參與這件事，邢陌言成了一些人的靶子，每天呈給皇上的奏摺，十有八九都是在攻擊邢陌言，處處為難邢陌言，就想讓皇上趕快解決這件事，同時也是想試探皇上對邢陌言的態度。

但有人反對邢陌言，自然也有人支持邢陌言，以邢老爺子為首的一派重臣，堅決站在邢陌言這一邊，幾方勢力膠著，勢如水火，還有人兩邊都不站。

皇上對於奏摺上反對的聲音沒有加以批判，但也沒有支持，仍舊沒有表態，在這沈默中，大理寺準備翻案，一些大臣也打算發難。

既然皇上要沈默靜待事態發展，也相當於間接放棄支持自己的兒子。

但這些大臣們對邢陌言發難之後，才發現，這位皇子不好對付，也才想起，邢陌言在成為皇子之前，靠一己之力成為大理寺卿，年紀輕輕位居三品要員，其能力絕對不容小覷。

然而更讓人想不到的是，顏末在這其中竟然也發揮了不小的作用，陳年舊案最不易找線索，但顏末處理過不少這類的案子，經驗豐富，加上從現代學習的偵訊手段，探查有一手，在邢陌言等人的協助下，專心探案，果然找到了不少線索。

當年參與巫蠱之禍的那些人，如今都已經老了，甚至有些已經辭官，可他們的後代仍舊享受著福蔭，且害怕得來的權力地位化為烏有，因此背地裡聯合起來，共同抵制。

但這些人根基不穩，很容易就被揪了出來，只要有一家被證明有罪，就說明當年隨著巫蠱之禍被處死的人，絕對有一部分是被冤死的，那些冤死之人替代了如今存活的人，才讓其發展至今。

冤有頭債有主，事情真相開始浮出水面，百姓都在議論，連皇上都無法阻止了。

有趣的是，這些被揪出來的幾家，均是站隊邵安行的人，以至於邵安行一黨開始慌了。

現在若想要拖住邢陌言，就只有將邵安炎拉下水，不然一家獨大，等邵安炎反應過來的時候，恐怕為時已晚，於是邵安行開始私下接觸邵安炎，不求合作，只要邵安炎有所動作，就能給邢陌言造成麻煩，拖住邢陌言等人。

其實就算邵安行不去接觸邵安炎，邵安炎一派的人也按捺不住了，邢陌言來勢洶洶，雖然看上去是在為自己的母親及被冤死的那些人翻案，但誰能保證他不是藉由這個案子剷除異己，所以他們此時不可能再置身事外。

有了邵安炎一黨的加入，案子糾葛更深。

如今這朝堂風雲四起，皇上冷眼旁觀，大有藉由這次翻案來考察儲君的意思，事已至此，只能讓事情處理得更好看一些，轉移焦點。

眾人心知肚明，若是誰把這次的事情處理得漂亮，讓皇上滿意，估計這儲君的位置，就能手到擒來了。

那怎麼才能讓皇上滿意，當然是事情圓滿解決的同時，還能顧全皇上的臉面，當權者，最忌諱自己的名聲威望有損，更何況還是九五之尊。

這樣看來，有了邵安炎的加入，這次的案子變了質，成為儲君之爭，導致邢陌言的優勢一下子跌了下去，因為邢陌言堅決翻案，必然會損及皇上的顏面，除非邢陌言及時停損。

但這是不可能的。

「該死的！現在朝中幾個大臣都被處置了，邵安炎在搞什麼！難道不知道阻止邢陌言嗎？被處置的大臣裡，也有擁護他的！看著自己的臂膀被砍斷，他難道一點都不著急?!」

寢宮裡，邵安行將桌上的茶杯茶壺都掃落在地，臉上盛滿了怒火。

「殿下，現在看來，我們一派受損最嚴重，恐怕二皇子也有借著大皇子的手，削減我們的意思。」姚正業皺著眉低聲道。「反正大皇子現在不得聖意，將我們打擊下去，到時候他便可以坐收漁翁之利。」

「那我們該怎麼辦才好？」邵安行看向姚正業。「當年的巫蠱之禍，姚家不是也有參與？」

姚正業臉色難看的點點頭。「所以我們必須要儘快做出決斷了。」

「你的意思是……」邵安行神色一怔。

「就是我之前和殿下提的事情……」

「不行，一旦失敗，到時候就真的前功盡棄了。」邵安行立即搖頭否決。

「殿下！」姚正業一臉嚴肅，沈聲道：「現在我們已經處於劣勢，是該放手一搏的時候了，不然等待我們的也是失敗！」

「可是……」

「殿下，現在皇上的身體已經大不如前。」姚正業按住邵安行的手，壓低聲音道：「之前皇上一直拖著沒有立儲，現在到了不得不立儲的地步，已經說明離皇上退位不遠了，如今這個時機，我們必須把握住，不然將再無機會！」

「……那便依你所言。」

初冬已至，天氣漸寒，皇上又病了一場，醒來後，連續三日沒有上朝，國不可一日無君，沒人主持朝政，幾位老臣開始上書，建議皇上儘快立儲。

大皇子邵安陌佔據一個長字，二皇子邵安炎卻是皇后所出，而三皇子邵安行，雖然非嫡非長，卻是皇上的寵妃姚貴妃所出，朝堂除了中立派，基本分為三派，紛爭不已。

後宮也動作頻繁，皇后和姚貴妃鬥得厲害，在後宮爭鬥中，一位初秋懷上龍子的妃子失足落水，初冬的水雖然還沒有結冰，但足夠凍人，這位妃子不僅孩子沒保住，自己也去了半條命。

皇上震怒，在這個關頭死去一個孩子，喜事變喪事，這在皇上看來是不祥的兆頭，所以下令徹查此事，然後很快就鎖定了嫌疑人，首先這個妃子一口咬定是皇后所為，因為她和皇后不對盤，而種種跡象也顯示是皇后派人動的手。

雖然還未有切實的證據證明是皇后動手，但皇上在盛怒之下，還是將皇后禁足。

邵安炎求到了顏末這裡，希望顏末能夠幫忙查這個案子，他相信自己的母后是清白的。

邢陌言也同意讓顏末調查，說白了，這件事情發生在現今這個節骨眼上，還是針對皇后，任誰看起來都覺得有貓膩。

皇上對此睜一隻眼閉一隻眼，默認了邵安炎讓顏末調查此事。

不到五天的時間，顏末就發現了新線索，矛頭從皇后指向了姚貴妃，而且經過一番調查，事實真相遠不僅如此。

其實這個妃子並非失足落水，而是自己跌落的，且是故意栽贓皇后，這一切都是姚貴妃在幕後指使，這個妃子其實是聽命於姚貴妃。

顏末之所以發現真相，是在和妃子談話的時候，發現她神情不對，現代心理學中，人說謊的時候，眼睛會下意識往右偏，而且除非心理素質超級強悍的人，否則說謊時，一定會有異常。

後期查探的過程中，邢陌言也派人暗中監視妃子的一舉一動，果然就發現有問題。

姚貴妃為了讓真相永遠掩埋，決定殺人滅口，反正落水之後，對方的身體也一直不見好，幸而顏末發現了妃子不對勁，暗地裡監視妃子的人，反而救了對方一命。

被主子拋棄，妃子自然將一切和盤托出。

從妃子進宮開始，到受寵懷孕，然後親手害死自己的孩子，乃至誣陷皇后，竟然全都是姚貴妃一手操縱而成，這種心機手段，以及將皇上玩弄於股掌中的行為，徹底讓皇上怒火滔天，直接剝奪了姚貴妃的頭銜，將其打入冷宮，若不是邵安行跪了一天一夜，恐怕皇上就會下令直接處死了。

但姚貴妃進了冷宮，不死也去了半條命。

因為這件事，邵安行也徹底失寵，再沒有資格爭奪儲君的位置。

唯二剩下的兩人，便只有邵安炎和邢陌言，也不知道是不是為了補償皇后，沒過兩日，皇上便下令立邵安炎為儲君。

立了儲君之後，皇上似乎有些心灰意冷，既然已經有人可以暫代他處理朝政，皇上便想專心調養身體，但身體每況愈下，竟是越來越不好。

經太醫診斷，估計皇上可能挺不過這個冬天。

本來是皇上秘密宣召太醫，但消息不知為何傳了出去，現在京城裡一直在流傳年後太子邵安炎就要登基的事情了。

這些事情似乎和顏末、邢陌言等人沒有關係，因姚貴妃失勢，順著這條線去掘姚家當年參與巫蠱之禍的事情，就簡單多了。

和姚家有牽扯的那些人，如今都在朝堂上佔據了重要的位置，而且當年親身參與巫蠱之禍的人，都還沒辭官。

姚家失勢，其餘有牽扯的幾家，全都人心惶惶，邢陌言和顏末等人趁勢追擊，又揪出了不少線索。

現在京城流傳最廣的，除了年後邵安炎的繼位，便是當年巫蠱之禍的翻案。

巫蠱之禍有重大的冤情，這已經是板上釘釘的事情了，那些沒被揪出來的人，遲早要在眾人眼前俯首認罪，姚家不就是個例子嗎？此時雖強撐著不承認，但已經成為眾矢之的。

顏末和邢陌言等人對當年巫蠱之禍的翻案結果，已經到了收尾的階段，當年巫蠱之禍最大的得益者就是姚家，誰能想到姚貴妃自己作死，還連累了家族，導致姚家這麼快就覆滅了。

其他幾家都人人自危，如今後路幾乎都被切斷了，如果這個時候遞投名狀，也許結局會好一點，所幸姚家現在還沒倒下，如果現在不踩著姚家保命，那就沒機會了。

除了姚家之外，剩餘幾家與當年巫蠱之禍的得益者聚在一起，準備自首投案，但尚未有所行動，就全部被暗殺。

這件事爆出之後，震驚朝野，皇上拖著病體，下令此事交給邵安炎，要邵安炎徹查到底，同時皇上也意識到，如果再讓顏末和邢陌言調查下去，恐怕朝中附屬他的大臣們也將所剩無幾了。

這些參與當年巫蠱之禍，被他保下來的人，如今還在朝堂上，就會聽命於皇上，如果人沒了，皇上哪還有可用之人？

於是皇上難得上了早朝，在朝堂上狠狠斥責了邢陌言一頓，將大臣慘死的事情都怪在邢陌言頭上，並勒令邢陌言在家中反省。

雖然沒有斥責大理寺，但誰都看得出皇上這次是借題發揮，也是藉由邢陌言敲打他們，所以陸鴻飛和顏末也只能暫緩巫蠱之禍的調查。

邵安炎負責調查這些大臣們的死因，結果第三天就遭遇刺殺，腹部中了一劍，還好不是致命傷，但也只能躺在床上，無法行動。
如今邢陌言被關禁閉，邵安炎重傷臥床，皇上病體有礙，就只剩下了邵安行。
朝中不可無人，有人請求解除邢陌言的禁令，但皇上卻選擇讓邵安行頂上，看樣子是真因為巫蠱之禍翻案之事惱了邢陌言。

第五十九章

「今天好冷啊。」

「哎，下雪了。」

皇上寢宮門口，兩個小太監端著盆子出來，路上忍不住跺腳，嘴裡哈著寒氣低聲交談。

「皇上又吐了，這吃也吃不下，恐怕……」

「噓，你不要命了，別說出來！」

「怕啥，又沒人能聽到，不過話說回來，今天宮裡怎這麼安靜？」

「哪裡安靜了？」

「以往咱們走在這條路上，不是都會碰到輪班的侍衛嗎？」

兩個小太監面面相覷，臉色瞬間變了，以往兩人收拾出來的時候，在這條路上都會碰到輪班的侍衛，但現在兩人這條路都快走到盡頭了，也沒有碰到一隊侍衛，這顯然不對勁。

這裡可是皇宮，侍衛巡視出差錯的機率非常小，幾乎不可能。

那如今這樣的狀況是怎麼回事？

還不等兩個小太監想清楚是怎麼回事，外面突然一陣雜亂，聲音響徹皇宮，彷彿連地面都震動起來了。

「砰——」

端著的盆子落在地上。

「三殿下帶著人逼宮了——」

邵安行身披鎧甲，踹開了皇帝寢宮的大門，邁步走了進去。

龍床上，皇上已經坐了起來，想必是聽見了外面傳來的動靜。

「父皇。」

站在龍床前，邵安行躬身行了一禮。

「咳——」皇上如今已是滿臉病容，剛開口就止不住的咳嗽，身體撐在床上都有些搖搖欲墜，顫抖著手指著邵安行。「你……你這個逆子，你竟然……竟然敢做出如此大逆不道的事情！」

邵安行勾起嘴角笑著。「那又如何，成王敗寇。」

「你這個逆子！你現在給朕退下！朕……朕還能饒你不死！」

「哈，父皇，你是在說笑嗎？」邵安行劍尖指地。「我都已經站在這裡了，父皇你讓我退下？既然已經走到這條路上來了，我就不會退縮！」

「咳咳——」皇上捂著胸膛，大口喘著粗氣。「別忘了，朕還有太子，還有……還有安陌，這皇位，怎麼都輪不到你！」

「呵。」邵安行冷笑一聲。「父皇你該不會以為我只是直接來你這裡吧，太子已經受了重傷，大哥被你關了禁閉，他們已經是我的甕中之鱉，你以為他們逃得過嗎？」

皇上愣然的睜大眼睛，驀地吐出一口血，伏倒在床上。「你……你把他們怎麼樣了？」

「要怪就怪你，父皇，給大哥禁令，讓太子查案，這不就給我可乘之機了嗎，至於把他們怎麼樣……」邵安行慢慢踱步走到龍床前，劍尖抬起。「父皇你下去問問他們就知道了。」

「你——」

「砰——」

邵安行慘叫一聲，手中的劍砰的一聲落在了地上，再看他的手，鮮血淋漓，似乎被什麼打穿了。

又是接連幾聲，外面傳來了重物倒地的聲音。

「怎麼回事？來人，快來人！」邵安行臉色猙獰，捂著手上的傷口，掙扎著想要爬起來，但隨即，他就愣住了。「你們……你們沒死?!」

顏末拿著槍走進來。「我們當然沒死。」

「不可能！這不可能。」邵安行神色慌亂的看向顏末身後的邵安炎，瞳孔一縮。「你不是重傷在床嗎？為什麼……」

「是受傷了，不過不嚴重。」邵安炎走到龍床前，將皇上扶起來。「父皇，你躺在床上歇著吧。」

「你們——」皇上滿臉愕然，顯然也被眼前的一幕驚住了。

「你的人都已經被控制住了，三弟，現在甕中之鱉是你。」邢陌言將掉在地上的劍撿起來，劍尖搭在邵安行肩膀上。「對了，我還要感謝你和姚家，要不是你們殺了那些大臣，我娘和那些冤死之人的仇還有些麻煩呢。」

「什麼……」邵安行微微瞪大眼睛，猛然間恍然大悟。「那些人突然要聯合起來，是你們暗地裡操作蠱惑的是不是?!你……你真是好算計啊，竟然借我們的手殺人！」

邢陌言看了皇上一眼。「不然這個仇要如何報呢？」

「你們兩個……」邵安行的目光在邢陌言和邵安炎之間來回搜尋。「你們兩個竟然聯手？」

邵安炎和邢陌言對視一眼，又看向顏末，回想起那天他去大理寺，聽到顏末說她想要的，自己給不起的話，當時頗不服氣，還要反駁，可邢陌言的兩個問題，卻將他問住了。

「如果你當了皇上，能保證只有末末一個人嗎？」

「哪怕你能保證只有末末一個人，但她如果不想拘在深宮裡，你願意放她出來嗎？」

這兩個問題實在有些驚世駭俗，但邢陌言竟然說他可以，邵安炎無話可說，當時就明白，自己是徹底敗了，難怪顏末說她想要的，自己給不起，的確是給不起。

邵安炎還記得當時邢陌言說話時，顏末臉上震驚又難以置信的幸福表情，那樣的感情，很讓人羨慕，如今看著躺在龍床上，一句完整話都說不出來的皇帝，那份羨慕就更深了。

病倒在床，身邊卻連一個知心人都沒有，著實可憐了。

「難道你不想當皇帝嗎？」雖然沒人回答他剛才的問題，但如今這種情況，邵安行也看出這兩人果真是在背地裡合作了，但他仍舊不死心的想要挑撥。「大哥，你能力不比邵安炎弱，難道你就不想……」

聽到這話，邵安炎和皇上都抬眼看向邢陌言。

「不想。」邢陌言冷眼看著臥在床上的皇帝。「我噁心透了。」

「你，咳咳——」皇上咳得直喘，按住邵安炎的手。「太子，你替朕把他轟出去，竟然說這種話……」

邵安炎抽出自己的手，站起來，走到一旁。

「太子——」皇上不可置信的看著邵安炎。

邢陌言將劍扔給邵安行。「去，做你沒完成的事情吧。」

「你……」邵安行恍惚的看著地上的劍。

太子背對著龍床。「這場逼宮，你成功殺了父皇，但卻被大哥伏誅，孤念在兄弟一場，會暗地保下你的孩子。」

皇上驀地瞪大眼睛。「你們瘋了是不是！來人！快來人！太子，太子你要幹什麼，你如今已經是太子了！朕這個位置，遲早都是你的！」

邵安炎只是回頭看了眼皇上，嘆息的搖了搖頭。「父皇，遲早是多早？您不願意退位，拖著病體一直占著位置，孤處理朝政真的很不得勁，而且孤和大哥早有合作，作為助孤登基的條件，就是父皇的命。」

皇上猛然看向邢陌言。

邢陌言嗤笑一聲。「你不會以為，我娘被冤死的仇，我不會報在你頭上吧，別忘了，你才是罪魁禍首！」

「你……你……」

「還在等什麼。」邢陌言冷眼看向邵安行。「還是說，你不想自己的孩子存活下來？」

邵安行閉了閉眼睛，抓起手中的劍，低聲道：「希望你們說到做到。」

天光微露，邢陌言拉著顏末走出了寢宮，站在高臺之上，低頭握著顏末的手，久久不言。

「一切都已經結束了。」顏末低聲道。

「嗯，結束了。」邢陌言揮揮手，高臺之下的人都隱沒在暗處，只留下一地的屍體。

顏末看向高臺之下的屍體，輕輕嘆了口氣。「那些槍支研究出來，沒想到在這裡派上了大用處。」

「這都要謝謝妳。」

身後傳來聲音，兩人回頭，是邵安炎走了出來。

「皇上。」邢陌言開口道。

邵安炎頓了頓。「大哥，孤現在還不是。」

「早晚都是。」邢陌言瞥向邵安炎。「現在叫一聲，讓你安心。」

邵安炎笑了笑。「大哥不是給了我一個籌碼了嗎，雖然是邵安行動的手，但弒父這個命令，卻是大哥下的。」

顏末挑眉。「皇上也參與了。」

「孤並沒有殺父皇的理由。」邵安炎看向顏末，突然嘆了口氣。「妳可真是幫著大哥。」

「嗯，他這輩子可就我一個貼心人，我不幫著他幫誰？」顏末握緊邢陌言的手。

「也是，皇位之於大哥，都沒妳重要。」邵安炎盯著顏末看。「母后能洗清嫌疑，扳倒姚家，離間姚家和那些參與當年巫蠱之禍的人，還有這次解決逼宮能夠如此順利，都多虧了妳，如果妳……」

「咳咳——」

邵安炎看了邢陌言一眼，低聲笑了笑。「如果妳有什麼要求，儘管提，我都會滿足妳……你們。」

顏末看向邢陌言。「那就讓陌言回大理寺吧，我們都想他了。」

邵安炎愣了下，也轉頭看向邢陌言。「你還想回大理寺嗎？」

大理寺。」

邢陌言嗯了一聲。「不然我為什麼要當大理寺卿，做別的不行嗎，更何況末末現在就在

「可大哥你已經是王爺了，王爺要處理……」

「那些你來就好了。」

「可……」

邢陌言嘖了一聲。「我都沒說要當閒散王爺，如今還要幫你處理案子，你還有什麼不滿的，這點要求你都不願意滿足我們？」

邵安行苦笑，怎麼看，當王爺都比去大理寺強得多吧。

「行吧，王爺的頭銜給大哥留著，大哥還在大理寺任職好了，作為編外人員。別看我，我就算登基，也不能任意妄為，這已經是最好的辦法了，不然肯定有人上奏摺反對。」

邢陌言揮揮手，拉著顏末走了。

邵安炎站在高臺上看著兩人遠去的背影，招手。「去把地上的屍體都處理了吧。」

「主子，這些人都是被一擊爆頭，端王殿下有此等武器，恐怕……」

「行了。」邵安炎搖搖頭。「這些都不必再說，我信大哥和她，有她在，大哥不會威脅孤的位置。」

「末末。」

「嗯？」

邢陌言拉著顏末出了皇宮，走在街上，此時天光已經亮了起來，街上的小攤販都出來了，早飯的香氣撲鼻，驅散了一晚的疲憊。

「嫁給我吧。」邢陌言轉頭看著顏末。「一生一世一雙人，我想娶妳為妻，執子之手與子偕老。」

顏末瞇著眼睛笑起來。「好。」

第六十章

顏末和邢陌言成親的時候，江月都懷胎七個月了，為什麼拖這麼晚，主要是事情太多，處理邵安行一派亂黨，新皇登基，前前後後也花了三個多月的時間，然後在新皇的協助下，為當年的巫蠱之禍翻案，給邢陌言的娘正名，還給被冤死之人一個公道，也浪費了兩個多月的時間。

再者就是中間還穿插著大大小小的案子，這麼長時間，不僅沒空閒，還忙得很。

當然也得怪江月和鍾誠均速度太快，才成親沒多久，江月就有喜了，兩人的速度比成親之前快多了，大概是想把之前浪費的時間都補上吧。

事情都處理完，也到了第二年夏季，日子過得真快，再不成親，邢陌言要上火了。

顏末穿著大紅嫁衣，坐在床上，回想今天一天的經歷，感覺跟作夢一樣，她竟然嫁人了。

門外腳步聲響起，躲在紅蓋頭下，顏末覺得自己的臉頰微微發熱，手指不由得緊緊抓住衣襬，莫名緊張起來。

邢陌言推開門，斥退下人，獨自一人走到顏末面前。

大紅喜床上端坐著的人，看上去有些乖巧，邢陌言伸出去的手竟然有些顫抖。

「末末，我……」

「快掀，好累。」顏末晃晃腦袋，等邢陌言走到她面前的時候，突然又不緊張了，只覺得都到了這一步，還矯情什麼，不多說，該做什麼做什麼。

邢陌言愣怔。「……」

頓了頓，邢陌言默默掀開了紅蓋頭。

顏末抬起頭，正巧和邢陌言四目相望，她整整一天沒有見到邢陌言了，這是第一次見到邢陌言穿紅色的衣服，臉驀地就紅了起來。

邢陌言也看著穿紅嫁衣的顏末，喉結滾了滾，啞聲道：「妳真美。」

看著顏末佈滿紅暈的臉頰，邢陌言低頭吻了上去，從臉頰到嘴唇，一點點啄吻，每親吻一下，都會說一句好美，或者我愛妳，吻得顏末臉頰紅暈更甚。

「交杯……交杯酒還沒喝呢。」顏末佈滿紅暈的推了推邢陌言，太猴急了這人。

邢陌言停下來，狠狠喘息了一聲，目光似狼一樣盯著顏末，又狠狠親了一口，才終於轉身去倒酒。

兩人喝了交杯酒，邢陌言將顏末的頭髮和自己的頭髮割斷，綁在一起，珍視的收藏在荷包裡。

一切都完成之後，兩人坐在床鋪上，四目相對，都有些拘謹。

「現在可以了嗎？」邢陌言啞聲問道。

顏末低垂眼眸。「這不用我回答了吧。」

於是一夜紅浪翻滾。

懷胎十月，江月終於要臨盆了，這些天，顏末都陪伴在江月身邊，不知道是不是懷孕脾氣大，越接近生產的時刻，江月越看鍾誠均不順眼，於是只能找小姊妹作陪，幫鍾誠均看顧愛妻。

因為江月要生孩子，一群人在房門外面急得直轉圈，尤以鍾誠均為最。

顏末有些難受地坐到石凳上，不知道是這些天照顧江月有些疲憊，還是鼻尖聞到隱隱血腥味，感覺有些想吐，不舒服。

邢陌言也來了，就坐在顏末旁邊，臉上的神色有些擔憂，伸手摸了摸顏末的臉。「怎麼臉色有些差。」

顏末搖搖頭，剛想說什麼，就聽見房門裡傳來一陣孩子的啼哭聲，在場所有人都愣了。鍾誠均回過神來，臉上露出狂喜。「孩子……月月！」

房門打開，穩婆抱著孩子出來道喜。「生了，是個男孩。」

血腥味從洞開的房門衝出來，顏末站起來瞬間一暈，低頭乾嘔了好幾聲。

因為江月生產，除了穩婆，鍾誠均還叫來了大夫，這會兒顏末身體出現狀況，連忙讓邢陌言叫來給顏末把脈。

「怎麼回事？末末的身體有什麼問題嗎？」邢陌言眉頭緊皺，握著顏末另一隻手，有些擔憂。

大夫把脈之後，帶著喜色對邢陌言拱手。「恭喜王爺，王妃這是有喜了！」

「什麼……」邢陌言發怔，一時有些反應不過來。

陸鴻飛笑著拍邢陌言肩膀。「恭喜啊。」

顏末摸著肚子，傻了眼一般看向邢陌言。「我……我們有孩子了？」

新晉傻爹爹，當天晚上就把顏末抱回自己家裡，說什麼也不讓顏末看一眼剛出生的小寶寶，甚至黑著臉責令顏末養好身體再來。

這個養好身體，在邢陌言眼裡約莫等於孩子生下來……

不過這種無理取鬧的要求，最後被顏末無情否決了，沒幾天，顏末就扯著邢陌言去找江月看小寶寶。

「末末，如果不是我要坐月子，我就抱著孩子去找妳了！」江月一臉激動。「妳懷孕了是不是！還是在我寶寶出生的時候被診斷出來，這就是緣分啊，我們訂娃娃親吧。」

「不行。」不等顏末回答，就被邢陌言一口否定。「我們家閨女不嫁傻小子。」

鍾誠均不幹了。「你說誰家是傻小子？哪傻了？」

邢陌言看一眼鍾誠均。「你是他爹。」

「對啊。」鍾誠均一臉納悶。「那又怎麼了？」

江月抱著孩子，頓時有些憂心忡忡了。「啊，擔心。」

顏末無語開口。「我生的也許不是女兒呢。」

「男女都好。」邢陌言握住顏末的手，勾起嘴角笑道：「男孩女孩我都愛。」

顏末第一胎生的是女兒，生下來的時候，江月家的孩子已經差不多一歲了，兩個小寶寶一起躺在床上，大手抓小手，睡得特別好。

幾個大人站在一起看著，心都要化了，只有邢陌言一個人臭著臉，盯著抓住他女兒的那隻小手手，恨不得把那隻小胖手捏走。

江月家的兒子叫鍾瀚瀾，小名涵涵，顏末家的女兒叫邢之妍，小名珍珠，本來邢陌言想給女兒取名為邢珍珠，意為他們的珍珠寶貝，被顏末給否決了，所以只能安在小名上面。

小珍珠從小吃得就多，力氣大，隨她娘，能坐就不躺著，能跑就不走路，整天上躥下跳，就沒有閒著的時候，不過小珍珠幹什麼，身後都有一個小跟屁蟲，那就是涵涵。

涵涵從小就喜歡珍珠，不會說話的時候，眼睛就一直圍著小珍珠轉，會說話之後，十句有八句都是小珍珠，能坐著的時候，非要挨著小珍珠，能跑的時候更不得了，能從定國公府跑去端王府，不過十次有八次被他爹逮到，抱在懷裡打屁股，但就這樣也沒能澆熄涵涵找小珍珠的熱情。

「憨憨，你該回家了。」

小珍珠給新栽種的小樹苗倒完水，蹲下拍拍小土坑。「明天再來看我們的小樹苗吧。」

「我不能和妳睡覺嗎？」涵涵泫然欲泣，要哭不哭。

小珍珠踮著腳摸涵涵頭。「不哭哦，還有這話不要讓我爹爹聽見，不然他會拍你屁屁。」

「沒事，我不怕。我爹說了，岳父大人那樣做，是在疼愛我。」涵涵一抹小臉，堅強道，但想起邢陌言的臉，還是顫巍巍的抖了抖。

小珍珠抱住涵涵一口親上去。「快回家吧，晚上我要陪娘睡覺覺，我有小弟弟了，晚上還要和娘親肚子裡的小弟弟說話呢。」

涵涵失望的低下頭。「那……那我明天再來找妳。」

「嗯嗯，好的呢。」

邢陌言抱著小珍珠，站在門口看著鍾誠均抱著涵涵遠去，呼出一口氣，伸手戳自家閨女的小胖肚。「妳今天是不是親那小子了？」

小珍珠糾結得互捏雙手。「那……那不是看涵涵好可憐嘛。」

邢陌言想了想。「那這樣，妳親他可以，但是不能讓他親妳。」

小珍珠連忙點頭，心想，大不了以後我多親幾下，幫涵涵補回來，反正涵涵的小臉蛋滑嫩嫩又肉嘟嘟的好可愛，特別好親。

邢陌言不知道閨女想什麼呢，抱著小珍珠去找顏末。

這個時間，顏末應當在睡覺，自從又有了孩子，就開始嗜睡，比懷小珍珠的時候要辛苦，邢陌言肯定這胎一定是個男孩，男孩都皮實，沒有閨女貼心。

果不其然，顏末正躺在床上睡覺，小珍珠豎起胖乎乎的手指，噓了一聲，和爹爹對視一眼，捂著嘴偷笑，然後小身子歪向顏末，要鑽進顏末的被窩去。

邢陌言捏捏閨女的小胖臉，輕手輕腳把閨女放在愛妻身邊，等兩人都躺好之後，低頭一人親了一口，低聲道：「睡吧。」

小珍珠瘋跑了一天，躺在自家娘親的懷裡，聞著熟悉的味道，很快就呼呼睡了，跟小豬仔一樣。

等孩子睡熟之後，顏末睜開眼睛，伸手勾了勾邢陌言的手心。

「醒了？」

「你們進來的時候就醒了。」顏末打了個哈欠，要不是怕女兒見她醒了就不睡覺，她早就睜眼了。

邢陌言又低頭親了顏末一口，小聲道：「誠均家那小子越來越黏珍珠了。」

「喜歡嘛。」

「我們珍珠才多大。」

顏末小聲噗哧了一下。「你看你，醋味都飛上天了，他們兩個感情好嘛，青梅竹馬，涵涵那孩子你看著長大，你不也挺喜歡他的。」

「我現在挺能理解江翰林的心情。」邢陌言嘆了口氣。「涵涵是挺好，但再好，這麼大點就搶我女兒，我也開心不起來。」

「哦，你現在眼裡就只有你女兒，是不是。」顏末故意不滿道，其實說起來，邢陌言還是照顧她多，除了注意女兒身邊是否出現小男生之外，他們兩個平時對小珍珠都是放養的狀態。

不過聽到顏末這麼說，邢陌言還是急了。「說什麼呢，最愛妳。」

顏末噘了噘嘴。「那親親。」

邢陌言笑著低頭，吻在顏末唇上，還有些不滿。「妳怎麼不回我？」

顏末笑著抱住邢陌言。「我也最愛你。」

——全書完

2020年8月出版

大熊要娶妻

文創風872～874

她才十五歲耶，姑娘家的身子都還沒長開就得嫁人？
雖說現在就要談親事實在太早，她這現代人打心底無法接受，
但她雙親剛亡，家中欠了一屁股債，還有個幼弟要養，
眼下都快揭不開鍋了，還談什麼自由戀愛、理想對象啊？
既然這頭大熊人品不錯，想來嫁他是當前最穩妥的一條路吧？

生當復來歸　死當長相思／清棠

說到熊浩初這個人，林卉雖然沒見過，倒也是有所耳聞的，
傳言他有些凶……好吧，這是含蓄的說法，講白了就是這人風評極差！
據說，他年紀輕輕就殺過人，還上過幾年戰場，尋常人家皆不敢招惹，
本來他如何都不干她的事，可如今縣衙裡竟要把這頭大熊配給她當夫君？
原來本朝有規定，男弱冠、女十六就得成親，若無則由縣衙作主婚配，
這樣一號人物，即便剛穿越來的她膽子再大，也是有點心驚驚的，
但她才辦完雙親的喪事，不僅一窮二白還帶著個幼弟，不嫁人就得餓死，
何況她這個窮光蛋偏偏生了張招禍的美人臉，若不嫁，日後恐難自保，
既然自家這般條件他都敢娶了，她怕啥？正好抓這頭大熊來養家護嬌花！
說起來，這頭大熊天生力大無窮，能單手托舉成年水牛、一拳擊飛大野豬，
幸好他不如凶神惡煞的外表，不單品性好、會默默做事，還肯乖乖聽她話，
而且直到婚後她家大熊把錢交給她管後，她才發現他居然藏了不少錢，
當初嫌棄他住破茅草屋、年紀稍大而不肯嫁的人家，如今心肝都要捶碎嘍！
可話說回來，一個當了幾年小兵的人，有辦法攢下這麼多錢嗎？
所以，自己該不是嫁了個了不得的大人物……或是什麼江洋大盜吧？

為流浪貓狗加油 和貓寶貝 狗寶貝

廝守終生(一定要終生喔！)的幸福機會

對人來說，貓寶貝狗寶貝只是生活的一部分，但妳（你）對牠們來說，卻是生活的全部，領養前請一定要考慮清楚——

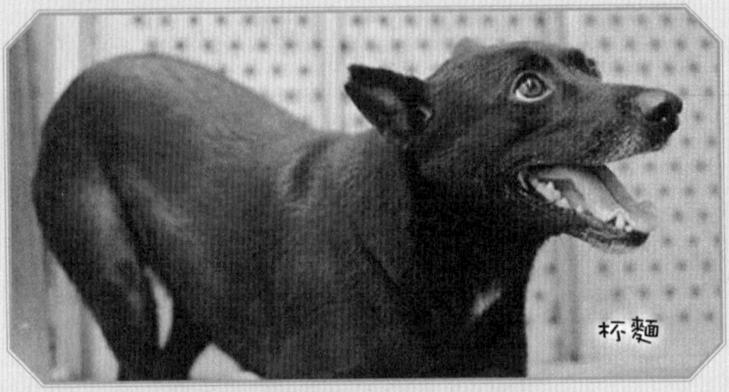

▲ 帥氣可愛卻害羞的 杯麵和果汁

性　　別：女生
品　　種：米克斯
年　　紀：成年，實際年齡暫無法評估
個　　性：超害羞緊張
健康狀況：均已除蟲除蚤
目前住所：新北市板橋區（板橋動物之家）

本期資料來源：板橋動物之家

『杯麵和果汁』的故事：

擁有一身短黑毛的杯麵和長黑毛的果汁，是3月時於板橋區重慶路上的菜園被拾獲，目前暫居在收容所內，可由於以前在外面流浪時，被人驅趕過導致心理受傷，又加上所內狗狗太多，讓牠們個性越發緊張。初來乍到時，杯麵不敢與人眼神直視，貼著牆壁發抖；果汁則怕得把臉埋起來，不敢好好看看周圍環境，兩隻總是亦步亦趨的窩在一起。

幸好經過志工們無微不至的關懷陪伴，溫柔安撫牠們倆的不安，最近才敢低垂著眼睛偷看志工一眼，甚至給小摸一下，偶爾還會吐舌頭露出微笑，即使現在仍會閃躲人，要等志工離開後才會吃食物，可牽出戶外放風跑跳將指日可待了。

希望能出現有緣的認養人，讓可愛的杯麵和帥氣的果汁離開這個容易緊張的環境，即使牠們對人還有一些陰影，相信只要持續的互動，一定會慢慢改變，敞開心房與人親近。

認養杯麵和果汁時建議用運輸籠帶走。有意願者（最好是有養狗經驗者）請私訊臉書專頁：板橋動物之家志工隊，讓杯麵和果汁勇敢活出自己！

認養資格：

1. 認養者需年滿20歲，且具備飼養寵物之耐心。
2. 攜帶你的[身分證]和狗的[提籠]至現場辦理認養手續。
3. 須同意簽認養寵物切結書。
4. 須同意送養人日後之追蹤探訪，對待杯麵和果汁不離不棄。
5. 認養者可自行評估能力，無須一次認養兩隻。

來信請說明：

a. 個人基本資料：姓名、性別、年齡、家庭狀況、職業與經濟來源等。
b. 想認養杯麵和果汁的理由。
c. 過去養寵物的經驗，及簡介一下您的飼養環境。
d. 若未來有結婚、懷孕、出國或搬家等計劃，將如何安置杯麵和果汁？

文創風 879

野蠻娘子求生記 下

國家圖書館出版品預行編目資料

野蠻娘子求生記 / 垂天之木著. --
初版. -- 臺北市 : 狗屋, 2020.09
冊 ; 公分. --(文創風)
ISBN 978-986-509-136-1(上冊:平裝). --

857.7　　109010464

著作者	垂天之木
編輯	龍宇馨
校對	周貝桂
發行所	狗屋出版社有限公司
地址	台北市104中山區龍江路71巷15號1樓
電話	02-2776-5889～0
發行字號	局版台業字845號
法律顧問	蕭雄淋律師
總經銷	知遠文化事業有限公司
電話	02-2664-8800
初版	2020年9月
國際書碼	ISBN-13　978-986-509-136-1

本著作物由北京晉江原創網絡科技有限公司授權出版

定價250元
狗屋劃撥帳號：19001626
網址：love.doghouse.com.tw　E-mail：love@doghouse.com.tw